Yoshimi Shimazoe

三省堂書店／創英社

目次

◉主な登場人物

〈楠木正成関連〉

楠木正成《まさしげ》……幼名：多聞丸、鎌倉時代末期から南北朝にかけての武将。御家人から悪党へ千早・赤坂城籠城戦で倒幕を誘発し、後醍醐天皇の「建武の新政」樹立に貢献。新政に失望するも尊皇姿勢貫く、「湊川の戦い」で足利軍に敗れ戦死

比佐《ひさ》……正成の妻、玉櫛荘《たまくしのしょう》の豪族の娘

楠木正遠《まさとお》……正成・正季の父、駿河国入江荘楠木村出身、鎌倉幕府御家人。商《あきない》で財をなす

楠木正季《まさすえ》……正成の弟。千早・赤坂城籠城戦で活躍、「湊川の戦い」で正成とともに戦死

楠木正行《まさつら》……正成の嫡男、幼名梓丸《あずさまる》。南朝の後村上天皇に仕える「四条畷の戦い」で高師直軍に敗れ戦死

寺田祐清《すけきよ》…正成の幼なじみ。観心寺で学び正成の側近となる

〈足利尊氏関連〉

足利尊氏《たかうじ》（高氏）…足利幕府（室町幕府）の初代征夷大将軍、又太郎（幼名）↓高氏↓尊氏。「元弘の変」では幕府側御家人として後醍醐天皇の笠置山蜂起を鎮圧するも船上山での蜂起時には綸旨に応えて鎌倉幕府に反旗を翻し六波羅探題を攻め滅ぼした。「建武の新政」では要職につかず後醍醐天皇と距離を置き、「中先代の乱」時に反旗を翻す。一旦朝廷軍に敗退するも、光厳上皇の院宣を得て九州にて再挙。足利幕府（室町幕府）を創設。

足利直義《ただよし》…尊氏の同母弟、（幼名不詳）↓高国↓忠義↓直義↓慧源。足利幕府では政務を担い尊氏と二頭政治を行う。「観応の擾乱」では尊氏と対立し、鎌倉・延福寺に幽閉され

て急死（毒殺？）

足利義詮《よしあきら》…尊氏の嫡男、幼名：千寿王、足利幕府二代将軍、足利義満の父

足利直冬《ただふゆ》…尊氏の庶子にて直義の猶子、幼名は今熊野、母は越前局。「観応の擾乱」では尊氏と対立、直義の死後南朝に帰順

高師直《こうのもろなお》…正式名高階《たかしな》師直。弟の師泰とともに足利尊氏に仕える。「分捕切捨の法」を初採用

三宝院賢俊…菩薩寺大僧正、俗名は日野賢俊。光厳上皇の院宣を尊氏に届け窮地を救う

夢窓疎石《むそうそせき》…臨済宗の禅僧、七朝帝師、父は佐々木朝綱。後醍醐天皇から国師号授かる
尊氏・直義兄弟の師

〈悪党関連〉

◎悪党の定義……鎌倉幕府支配体制に反抗した者・階層を指す
農業以外を生業とする非御家人が中心
この場合の「悪」とは、剽悍さや力強さを表す言葉であり、「命令・規則に従わない者」に対する価値評価を指す

赤松則村《のりむら》（円心）……播磨国守護大名、村上源氏の流れを汲む赤松氏四代当主。護良親王の令旨に応えて反幕勢力として挙兵、「建武の新政」樹立に貢献
その後新政に失望し後醍醐天皇に反旗を翻した足利尊氏の配下となる

赤松則祐《のりすけ》……則村の三男、天台座主である大塔宮護良親王に仕える。新政に失望した父円心とともに尊氏の配下となる。播磨国、備前国、摂津国の守護大名

金王盛俊《かなおうもりとし》……東大寺領伊賀黒田荘の大江氏一族。悪党の中心的存在

服部元就《もとなり》（持法《じほう》）……北伊賀の悪党、通称：高畠右衛門太郎。正成の腹違いの妹彩《あや》が嫁ぐ

和田《みぎた》助康《すけやす》……和泉金剛寺領和田荘の悪党。当主助家は幕府軍についた

名和長年《ながとし》（長高）……伯耆《ほうき》の悪党、後醍醐天皇の隠岐島脱出・船上山蜂起を補佐し、「建武の新政」樹立に貢献、天皇側近となる。楠木正成、結城親光、千草忠顕と合わせ「三木一草」と称される

〈持明院統〉

◎「天皇」と「上皇」……本文中では、それぞれ「帝」と「院」と表現

光厳《こうごん》上皇……後醍醐天皇失脚を受けて天皇に就任したが、復権した後醍醐天皇に廃位させられる。歴代天皇の内には含まれない。楠木・新田・北畠軍に敗れて九州へ撤退する足利尊氏に院宣を与え窮地を救う

光明天皇……諱《いみな》は豊仁《ゆたひと》。北朝最初の天皇、兄光厳上皇の伝国宣命により即位
広義門院……西園寺寧子《さいおんじねいし》、光厳上皇・光明天皇の実母。「治天の君」として北朝存続に尽力
二条良基……関白、太政大臣。後醍醐帝に仕えたのち北朝に仕える
日野俊光……公卿、歌人、権大納言。子息を南北両朝に仕えさせる（北朝方…資名・資明・賢俊、南朝方…資朝）

〈大覚寺統〉

後醍醐天皇……諱は尊治《たかはる》、第九十六代天皇および南朝初代天皇「建武の新政」実現するも尊氏に追われて南朝樹立（南北朝時代）
護良《もりよし》親王……通称：大塔宮（東山岡崎の法勝寺九重塔（大塔）周辺に門室を置いたことによる）
（大塔宮《おおとうのみや》）後醍醐天皇の第三皇子、天台座主《てんだいざす》（尊雲《そんうん》法親王）。倒幕

に貢献。「建武の新政」では征夷大将軍に補任されるも後醍醐天皇とすれ違い多く鎌倉に幽閉される。のち「中先代の乱」の混乱の中で殺害される。鎌倉宮の主祭神

阿野廉子《あのれんし》……後醍醐帝の寵姫、三位の局、南朝後村上天皇の生母

恒良親王……後醍醐帝の子息、生母は阿野廉子。義貞とともに北陸へ

成良親王……後醍醐帝の子息、生母阿野廉子。光明天皇の皇太子（両統迭立復活時）となる

四条隆貞《しじょうたかさだ》……大塔宮護良親王の側近、大塔宮より五歳年上

北畠親房《きたばたけちかふさ》……公卿、後醍醐天皇側近、「後の三房」の筆頭、『神皇正統記』を著す
後村上天皇の治世下で実質的に南朝を指揮

北畠具行《ともゆき》……公卿、北畠親房は従兄弟の子。後醍醐帝に仕え「元弘の変」で処刑される

日野俊基……「正中の変」で日野資朝とともに捕縛され、「元弘の変」

で処刑される。

吉田定房……後醍醐帝の側近、「後の三房」のひとり、「正中の変」では後醍醐帝無関係を幕府に認めさせたが、「元弘の変」では倒幕の密議を六波羅探題に密告。

北畠顕家……北畠親房の嫡男、公卿。「建武の新政」では鎮守府大将軍として義良親王（後の後村上天皇）を奉じて陸奥国に下向。「建武の乱」では楠木正成、新田義貞とともに足利軍を破り九州へ退去させる。尊氏再挙後「石津の戦い」で高師直軍に敗れ戦死、享年二十一歳

千草忠顕……公卿、後醍醐天皇の近臣、「元弘の変」後の後醍醐天皇隠岐島配流に追従。「建武の新政」では楠木正成、結城親光、名和長年と共に「三木一草」と称され、権勢を振るった。尊氏再挙後の「西坂本合戦」で直義軍に敗れ戦死。

〈北条家〉

北条高時　…鎌倉幕府末期の北条得宗家当主にて第十四代執権。新田義貞の鎌倉侵攻により北条家菩提寺の東勝寺で集団自決。享年三十一歳

金沢貞顕《さだあき》　…北条一門で鎌倉幕府第十五代執権。実質執権探題として京都政務を仕切る

長崎円喜《えんき》　…北条氏得宗家被官、内管領、北条得宗家以上の絶大な権力を振るう

名越高家　…北条氏一門。元弘の変では大将軍として足利高氏（尊氏）とともに上洛
「久我畷の戦い」で赤松円心軍に敗れ戦死

北条時行　…鎌倉幕府最後の得宗北条高時の遺児、幼名亀寿丸。鎌倉幕府再興のため挙兵し一時鎌倉を支配（「中先代の乱」）。二十日余りの支配で、足利軍の反撃を受けて撤退

〈新田義貞関連〉

新田義貞……河内源氏義国流新田氏宗家八代目棟梁。鎌倉攻撃により幕府を滅亡させた。尊氏が建武政権に反旗を翻すと、後醍醐天皇側につき尊氏と対立

脇屋義助……新田義貞の弟、兄義貞に従って行動。義貞死後は南朝軍の将となる

勾当《こうとう》ノ内侍《ないじ》……藤原経伊《つねただ》の娘、後醍醐天皇に仕える。鎌倉陥落の恩賞として後醍醐天皇より賜りし義貞の妻のひとり。義貞が敗死したのち、洛北嵯峨に出家遁世した

〈その他〉

京雀……京の人々

〈天皇家系図〉

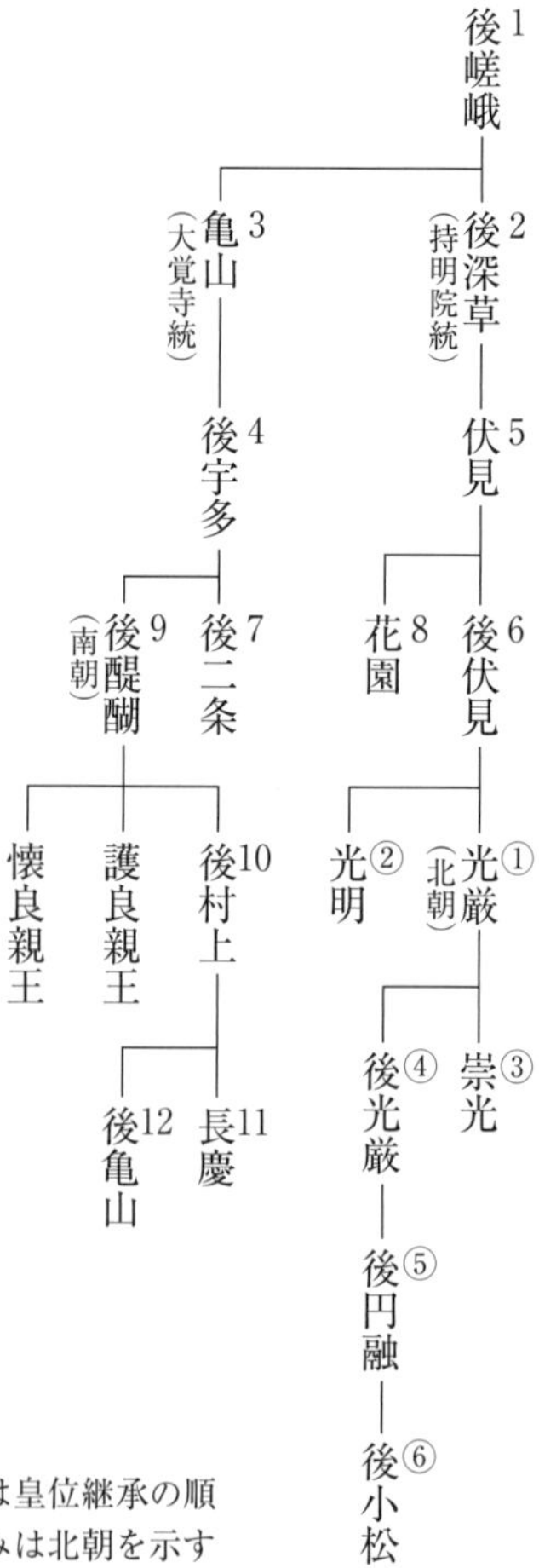

数字は皇位継承の順
丸囲みは北朝を示す

〈楠木氏系図〉

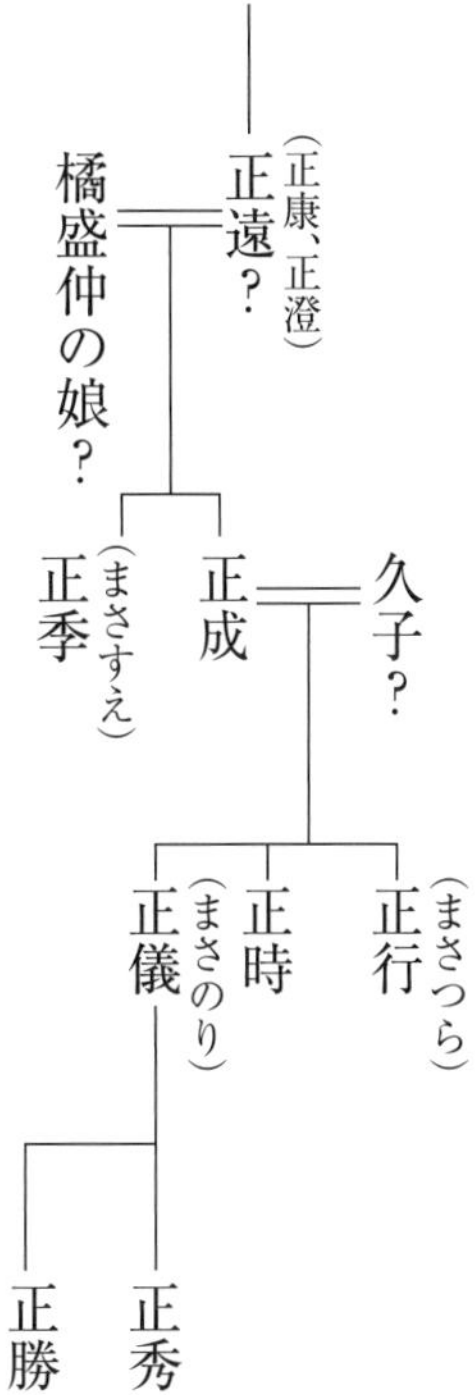

〈足利氏系図〉

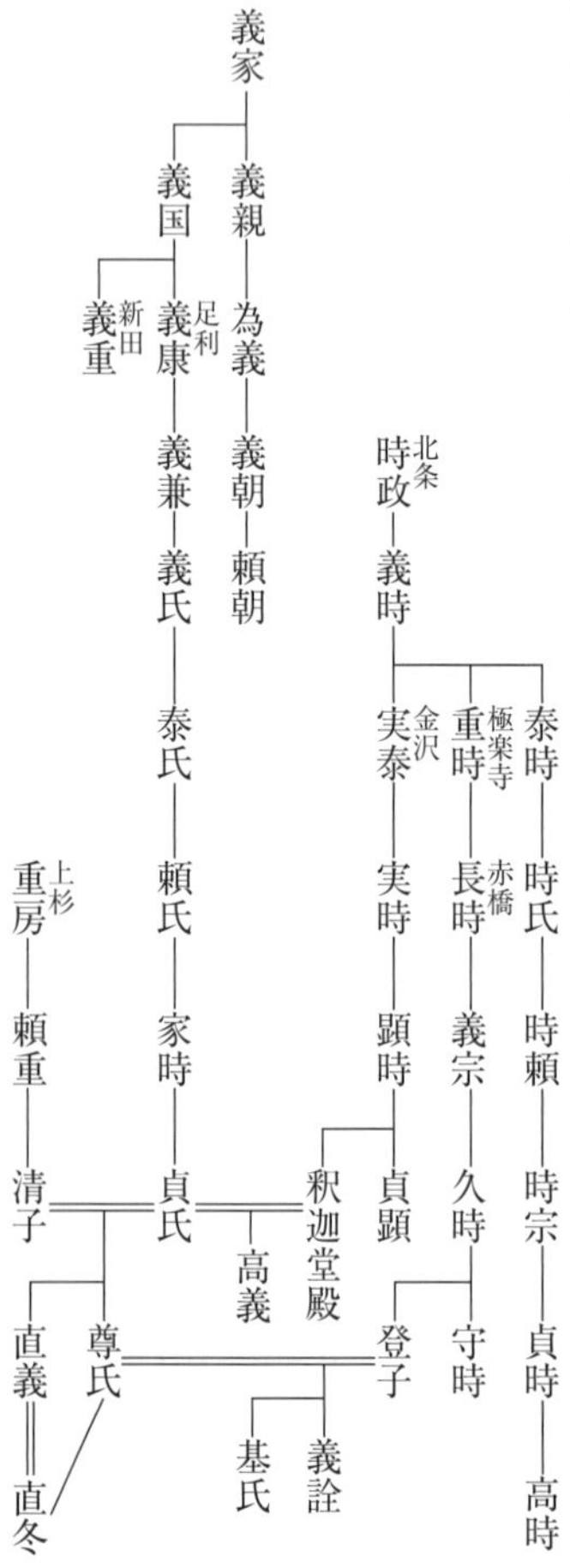

北条
時政
義時
泰時
時氏
時頼
時宗
貞時
高時
極楽寺
重時
赤橋
長時
義宗
久時
守時
登子
金沢
実泰
実時
顕時
貞顕
釈迦堂殿
義家
義親
為義
義朝
頼朝
義国
足利
義康
義兼
義氏
泰氏
頼氏
家時
貞氏
高義
尊氏
義詮
基氏
新田
義重
上杉
重房
頼重
清子
直義
直冬

〈年譜〉楠木正成（悪党）vs 足利尊氏（武家）

○内は発生月（⑤⇒5月）

年号	西暦	足利高氏（尊氏）	楠木正成・後醍醐天皇	主な出来事
正応元年	一二八八		⑪後醍醐生誕	
永仁二年	一二九四		（不詳）正成生誕（幼名：多聞丸）	
正安三年	一三〇一			鎌倉幕府両統迭立方針を表明
嘉元三年	一三〇五	⑧高氏生誕（幼名：又太郎）		
徳治元年	一三〇六	（不詳）直義生誕（幼名不祥）		
延慶元年	一三〇八		⑧大塔宮生誕	
文保元年	一三一七			④文保の和談（両統迭立合意）
元応元年	一三一八		③後醍醐天皇即位	

元応四年	一三二四			⑨正中の変
元徳二年	一三三〇	⑥義詮生誕（幼名：千寿王）		
元弘元年	一三三一		⑨下赤坂城籠城戦	⑧元弘の変
元弘二年	一三三二		⑧後醍醐天皇隠岐に配流	
元弘三年	一三三三	④篠村八幡宮で旗揚げ ⑤六波羅探題を陥落さす ⑧武蔵守（高氏から尊氏へ）	②正成（千早・上赤坂城）・大塔宮（吉野）挙兵	⑤鎌倉幕府滅亡
建武元年	一三三四		④後醍醐天皇船上山挙兵	⑦建武の新政
建武二年	一三三五	⑪後醍醐天皇に反旗（尊氏追討令）	⑧大塔宮死去 二十七歳	⑦中先代の乱 ⑧二条河原落書
延元元年	一三三六	⑧幕府開設、建武式目制定	⑦正成死去 四十二歳	
暦応元年	一三三八	⑫尊氏征夷大将軍 三十三歳		⑫後醍醐天皇吉野へ（南朝）

暦応二年	一三三九		⑨後醍醐天皇死去 五十一歳	
観応元年	一三五〇			北畠親房『神皇正統記』著す
正平六年	一三五一			⑩観応の擾乱（〜五二）
正平七年	一三五二	②直義死去 四十六歳		⑪正平一統（尊氏南朝に降伏）
正平一三年	一三五八	④尊氏死去 五十三歳 ⑨義満生誕（幼名春王） ⑫義詮征夷大将軍		
正平二二年	一三六七	⑫義詮死去 三十七歳		
正平二三年	一三六八	⑫義満征夷大将軍		④鎌倉公方基氏（義詮の弟）死去
応永一五年	一四〇八	⑤義満死去 四十九歳		

序　章

やはりこの人物の輪郭を描くことから始めないと、入り組んだこの時代を紐解くうちに迷路に嵌《はま》ってしまいかねない。

◎後醍醐帝

後醍醐帝は側近の日野資朝《すけとも》に微笑《ほほえ》みかけた。

「朕《ちん》は帝《みかど》の地位に就くに際して名を〝後醍醐〟と改めたわけであるが、その意味するところがそなたにはわかるか？」

資朝が応じた。

「お上はかねて〝延喜《えんぎ》・天暦《てんりゃく》の治《ち》〟への回帰をお望みでおわします。平安時代半ばの第六十代天皇であり、見事な天皇親政による〝延喜の治〟を敷かれた醍醐帝の後継を意味するものでござりましょう。忌《い》むべき武家どもによる悪しき政《まつりごと》に終止符を打たれ、帝みずから世を治められるご決意を固められたのでございますか。

ついに……」

万感の思いが過《よぎ》り、資朝は目頭を熱くした。

「帝が王であらせられた時代、すなわちヤマト王朝は天皇家を中心とする諸豪族の連合体でございました。民から税を徴収し、大規模治水工事を行い、法を定め、兵馬を率いて戦いを指揮し、神の言葉を民に伝え、五穀豊穣を祈り、暦を定め、芸術や文化を育むなど日本の王として君臨なされていました」

懐紙でそっと涙を拭いた。

「〝天皇〟と名乗られたのは天智帝からです。〝乙巳《いっし》の変*1〟（六四五年）で勝利され実力で帝の座を射止められた天智帝は制度改革を断行なされました（大化の改新）。その後『白村江《はくすきのえ》の戦い』での唐・新羅連合軍との敗戦を境に、率先してその文化を採り入れることで日本独自の文化を生み出されました。すなわち大陸文化とも旧来の国内文化とも異なる新しい日本の文化を築かれたのです。そして天智帝の弟君大海人皇子が〝壬申の乱*2〟（六七二年）で勝利されると天武帝として夫人の持統帝とともに天皇親政を確たるものとなされました」

後醍醐帝は晴々と深く頷いた。

「さようである。朕も〝天皇親政〟を実現し、内外の政を刷新したいと思うておる」

「それは御同慶の至りにございます。せっかく巡ってきた好機であり、思いのままご断行なさりませ」

「ことここに至るまで実に様々なことがあったな。両統迭立《りょうとうてつりつ》の定めに従い、父たる後宇多帝の次は持明院統の花園帝が就かれたが、その時の皇太子に父は第二皇子の朕を立てられた。そして、元享元年（一三二一）朕が皇位を継承するに際して、院政を廃止なされた。朕は〝延喜・天暦の治〟以来の〝天皇親政〟の機会を得たのだ」

「ほんにめでたき事でございますな」

「ところが、そうもゆかぬのじゃ」

「なにゆえに…」

「足枷《あしかせ》が外れぬゆえにな…」

後醍醐帝は苦々しく唇を噛んだ。

「父後宇多院のご遺志を引き継ぎ朕は天皇親政を盤石なものにしていくつもりで

ある。そのためには朕の直系で天皇家を継承していくことが肝要なのだ。だがそこには巨大な壁が立ちはだかっておる」

「鎌倉幕府でございますな」

「そうだ。とてつもなく大きな壁だ」

大きく溜め息をついた。

「かつて鎌倉幕府第三代将軍の源実朝が暗殺されたとき、後鳥羽院が〝天皇親政〟を打ち立てられるべく倒幕に動かれた（承久の乱）ことがあったが完膚なきまでの返り討ちに遭われて隠岐遠流となられた」

「関東が鎌倉幕府の勢力下に入って以来、二頭政治を余儀なくされた朝廷には武家政権への反感が募っていました。後鳥羽院は、清和帝の血を引く源氏宗家が幕府を率いている間は武力行使を控えておられましたが、実朝が暗殺されて源氏宗家が途絶えた機会を捉え、倒幕に動かれました。しかし北条執権家による統治体制が確立されつつあった時代であり、幕府は草創期のような活力に溢れていましたので一網打尽の憂き目に遭われたのです」

庭先に目を移すと、初蝶がひらひらと優雅な舞姿を自慢している。

「後鳥羽院のご計画にはやはりご無理があったと言わざるを得ません。一つには、御家人らの武家にとって必要なのは自らの土地の権利を安堵してくれる組織としての幕府であり、将軍はあくまで御輿《みこし》に過ぎない存在だということです。つまり幕府さえ健在ならば北条執権でも一向に構わないのです。

二つ目には、幕府を倒すためには武力が必要ですが、平安時代半ばに朝廷は常備軍を廃止なされました。後鳥羽院は自ら軍を保有されていなかったがために、幕府の恩恵を受けている御家人どもを朝廷軍として招集されようとなされた。御家人の本質を理解されておられなかったということでございましょう」

後醍醐帝は海の向こうに思いを馳せた。

「唐《から》の国が〝安禄山の乱*3〟で著しく国力を衰退させ大陸が長い分裂の時期に入り〝外圧〟が弱まってくると、天皇家が武力を放棄なされたことはそなたの申す通りである。清和帝の時代には政治の実権も藤原氏に譲られてしまわれた（八六六年）。今、朕に武力があればと思うと誠に口惜しい限りだ」

後醍醐帝は再び唇を噛んだ。唇に血が滲《にじ》んだ。

「なあ資朝、朕が幕府を倒すための武力はいずれから調達してくればよかろうかのう」

資朝は承久の変を反面教師に常日頃から考えていたことがある。

「非御家人ならば使えましょう」

一呼吸入れた。

「畿内より以西には、農業に関わらない者どもが大勢います。村上水軍などの海運業を営む者、馬借などの陸運業を営む者どもです。その多くは御家人の跡取りから漏れた次男坊以下の者どもが主だといわれています。彼らは自らの生業《なりわい》を護るために武装しました。彼らは鎌倉幕府に保護されていない代わりに統制も受けてはおりません。幕府は自らの統治に従わないものとして彼らを『悪党』と呼んでおるそうでございます。その『悪党』ならば利用できるかもしれません」

資朝は結論に近づいた。

「お上は運強きお方であられます」

「……」

「かねて盤石だった鎌倉幕府・北条得宗体制も時代の流れとともに崩壊の兆しが見え始めています。フビライ支配下の元軍の侵略に対して、得宗北条時宗率いる鎌倉武士団は神風（台風）の力を借りたとはいえ激戦を勝ち抜きました。当然に元軍を撃退した御家人どもはその〝対価〟を欲しましたが、海の向こうの敵国の領土を奪ったわけではなかったゆえに、幕府は奮戦した御家人たちに満足な恩賞を与えることが出来ませんでした。論功行賞がきちんと行われなければ幕府と御家人どもの信頼関係が崩れてしまいます。今や幕府の屋台骨を支える御家人どもの不満は最高潮に達している由にございます」

資朝は幕府の内情を更に詳しく言上した。

「更に幕府軍の中核たる御家人制度そのものが崩壊しつつあります」

「…？」

後醍醐帝は怪訝《けげん》な顔をした。

「御家人どもは領地を安堵されていますゆえに幕府には多大の恩義を感じており、戦いの折には『いざ鎌倉』と申して勇んで馳せ参じます。その御家人どもも代を経るにつれて本家跡取りが窮乏化しているのです。勢力拡大期までは領地を増やすことで御家人どもに対する加増が可能でしたが、安定期に入った頃より代替わりごとに子供に平等に相続していく制度そのものが本家跡取り（長男）の財力を急激に削いでいるのです。つまり御家人自体が幕府への奉公を果たせなくなってきています」

鎌倉幕府を弱体化させた要因の一つが、近代的な「公平な相続法」であった。子供に公平に財産を分けたために、結果的に所領が細分化され、家督を継いだ者が御家人としての義務を果たせなくなりつつあったのである。幕府も御家人制度保持のため棄捐令（徳政令）施行や相続法改変に動いたが効果を出せなかった。

「機は熟しつつあると申せましょう」

後醍醐帝は感慨深げにこれまでを振り返った。

「朕は天皇家の歴史、中でも幕府が定めた〝両統迭立《りょうとうてつりつ》〟について詳しく調べたことがある。

第八十八代後嵯峨帝の側室の男児が後深草帝と亀山帝であられるが、兄後深草帝の流れが持明院統、弟亀山帝の血筋がわが大覚寺統である。朕は正応元年（一二八八）後宇多帝の第二皇子として生まれ、徳治三年（一三〇八）には、両統迭立のルールに則って持明院統・花園帝の即位に際して皇太子となり、その譲位を受けて帝となった」

後醍醐帝は傲慢なところもあるが、英才教育を受けてきたこともあり、何事を考えるにも事実関係だけは正確に把握しようとする習癖がある。

「そして幕府は両統迭立の定めとして、持明院統と大覚寺統が交互に天皇に就くこととし、二つの系統に長男と次男がいる場合には全員が皇位に就くべしと裁定した」

後醍醐帝には複雑な思いも過《よぎ》る。

「確かに、両統迭立以前の体制ならば、朕など帝にはなれなかったであろう。ところが夢にさえ思わなかった帝の地位が、次男の親の次男たる朕に回ってきたのだ。ゆえに現行の定めに従うとすれば、朕が帝の位に就く際には皇太子は持明院統から出さなければならぬ…」

後醍醐帝は語気を強めた。

「朕の理想は、穢《けが》れた武家どもの政権たる鎌倉幕府を打倒し、天皇親政とすることである。その為には未来永劫にわたり朕の子孫で親政を盤石なものにすることこそ肝要だと思うておる」

（帝の地位はわが子孫に譲位していきたい）

親として隠し切れない気持ちもある。

「そう考えると、両統迭立の定めが邪魔である。その廃止を迫っても幕府は許すまい。だが資朝の力強い言葉を聞いて朕は決めた。幕府を倒す。幕府の力が弱まった今ならば可能ではなかろうか」

後醍醐帝は大胆な言葉をあたかも理想を語るかのような淀みのない響きで奏《かな》でた。

宮廷随一の賢才と謳われた日野資朝である。宋学にも通じている。

「お上、宋の国では、儒学の中でも朱子学が盛んでございます」

後醍醐帝も朱子学の信奉者であり、耳を澄ませて次の言葉を待った。

「朱子学では、主君を『王者』と『覇者』に分けて考えます。覇者とは、『陰謀と武力で天下をとった者』であり、王者とは『徳を以て世を治める者』でありま す。覇者の天下は正しくなく、王者こそが真の君主であり、世の中を治めるべきだと朱子学は説いています。すなわち、現状に照らし合わせますと、世を治めている鎌倉幕府、およびその頂点に立つ北条氏は覇者であり、故に悪であります。

帝こそが王者であり、覇者である幕府を滅ぼして、唯一の権力者になられるべきであると朱子学は教えているのでございます」

資朝は朱子学の教義の二つ目は肚の中に収めた。

（朱子学でいう王者とは、あくまで「徳を以て世を治める者」であり、単に「王家に生まれた者」の意味ではない。悪政を行い民の支持を失ったらば「失徳の天子」として滅ぼされてしまうことさえある。つまり、これは王朝交代を認める思想であり、天皇家は万世一系であるから王朝交代など一切認めないという我が国の天皇制とは相容れない思想である。朱子学を日本に当て嵌《は》めるのは、非常に無理があろう）

一方、後醍醐帝は資朝の口から出た言葉のみに満足して頷いた。

「朕の気持ちは固まった。幕府を倒す」

高らかに宣言した。

乙巳の変*1…飛鳥時代六四五年に中大兄皇子・中臣鎌足らが蘇我氏を滅ぼした政変

壬申の乱*2…六七二年天智天皇の子大友皇子に対し、弟

大海人皇子が起こした反乱
安禄山の乱[*3]…唐の節度使である安禄山が七五五〜七六三年にかけて起こした反乱

第一章　楠木正成世に出る

（一）　悪党

正成は父正遠と河内平野を石川沿いに馬駆けした。

地表近くが揺らめいて見える。〝陽炎《かげろう》立つ〟春ならではの幻想的な光景である。

「正成、ここ壷井の通法寺は、武家の棟梁となられた河内源氏の菩提寺だ。その祖たる源頼信公、頼義公、そして義家公の三代の墓がここにある。知っておろうが、八幡太郎義家公の家系が鎌倉幕府創設者の源頼朝公へと続くのだ」

楠木家の祖先はもともと駿河国入江荘楠木村の御家人である。自然と源氏を貴ぶ気持ちを内包している。

「わが楠木家は、北条得宗家の被官（御内人《みうちびと》）でもあります。鎌倉幕府有力御家人である長崎頼綱公（平頼綱）が河内国観心寺荘の地頭だった安達泰盛公を攻め滅ぼされ〈霜月騒動、弘安八年（一二八五）〉北条得宗家の支配下に入ったのを契機に、楠木村の得宗被官であった祖父が観心寺荘に移られたと聞き及んでおります」

楠木正成。永仁二年（一二九四）父正遠《まさとお》と母橘盛仲娘《たちばなもりなかのむすめ》の間に長男として生まれた。幼名を多門丸という。母が毘沙門に百日参詣して懐妊したので、四天王の一尊である毘沙門天の異名〝多聞天〟から取った。憤怒《ふんぬ》の相の甲冑姿《かっちゅうすがた》で、左手に宝《ほう》塔《とう》、右手には宝棒《ほうぼう》を持つ祭神であり、武将にふさわしい男子を願った両親の想いが詰まった名である。

八歳から十五歳まで観心寺で学び、師の龍覚より四恩（国・親・衆生・三宝の恩）の教えの大切さを教わり、延慶二年（一三一〇）十六歳で元服し「正成」を名乗った。楠木正成の誕生である。

父正遠の館は、玉櫛荘《たまくしのしょう》にあった。

正成の屋敷がある赤坂村からは、北へ六里ほどのところである。

楠木家の領地は、河内各地に散在している。拝領したところもあれば、流浪の民に開発させた区域もある。

「父上、正成が知る限り、父上は幕府の地頭職にありながら領地を治めようとはなされておられぬようにお見受けいたします。現に年貢の取り立てさえなされておりません」

かねて父に尋ねたいことがあった。

「父上は面白いお方だ。奈良から京への街道や、摂津湾に流れ込む大和川の水運をしっかり押さえておられる。私は、かねて陸路や水路を統治しているのは、六波羅*1だと思っていました。やはり武力の裏付けがある幕府でなければ治めることが出来ないと…」

金剛山から吹きおろす春風が心地よい。

「しかし父上は、御家人のように農地を耕して生計を立てられるのではなく、馬借や船頭を取り仕切り、関銭を払うことで思うがままに荷物を運んでおられる。そしてそこから得た稼ぎで暮らし向きは豊かです」

正遠の視線が光った。

「正成、世の中は動くぞ。畿内より西は、鉱業・窯業や物流業等の多くの生業《なりわい》が益々発展しつつあり、農業のみに頼る幕府体制では治めることが難しくなってきておる。儂《わし》もいつまでも地頭職に甘んじてはおられぬ。時代に合わせた生き方をせねば、万事に後れを取ることは目に見えておるからな」

「父上は、幕府から保護もされぬ代わりに、縛られることもない道を選ばれたのですね。幕府から見たら手に負えぬということで被官であるにも拘わらず『悪党[*2]』と呼ばれる方もおられるそうですよ」

「アッハッハ、儂は正真正銘の北条得宗家の被官であるぞ」

「楠木家が伊賀の悪党と親しいのは、大和、山城、つまり京と奈良を結ぶ街道の安全を確保するためには、伊賀の悪党の協力が不可欠でもあるからなのでしょう」

(双方に利があるのだ)

　正遠は世間の動きを筋立てて理解してゆく正成の成長に目を細めた。

「お前は物流の何たるかを感じ取っている。それを差配できれば武力より強いものを握れるとお前は見通している。その通りだと儂も思う」

「幕府に代わるものがあるとすれば、朝廷しか考えられません。後醍醐帝という帝が倒幕の意思がおありになられるそうで、さまざまな動きをされては幕府に撥ね返されておられるとの噂を聞きました。父上のような方が生き延びていくには朝廷との連携も模索すべきかもしれませんね…」

正和三年（一三一五）四月、父正遠が逝去した。翌年二十二歳のとき亡父に代わって楠木家の当主となった正成は北条得宗家被官として一族を率いることとなった。

翌年には、六波羅探題軍の一員として、幕府に刃向った越智邦永をその弱点を突いて討ち取り、続いて八尾顕幸を河内人見山に破った。元亨二年（一三二二）二十九歳の時には、得宗北条高時の命により、摂津国の渡辺党を討ち、南大和で六波羅の役人を誅した越智氏残党を討伐した。この当時の正成は得宗被官として、幕府に忠誠を誓いつつ畿内に睨みを利かせていたのである。

幕府は正成による渡辺党、越智氏の討滅に感嘆の声をあげる一方、戦巧者の正成が悪党のエネルギーを吸収し、反幕勢力となることを内心怖れていた。当時の畿内は悪党が幕府に対し公然と反逆しつつあり、幕府支配体制に揺らぎが生じ始めていたのである。

その正成の目覚ましい活躍を遠目で興味深く見守っていた人物がいた。

後醍醐帝その人である。

二人を結びつけたのは真言宗御室《おむろ》派大本山の天野山金剛寺（大阪府河内長野市）

である。高野山が女人禁制であるのに対して、女人参詣を認めていたため〝女人高野〟とも呼ばれていた。

　正成にとっての金剛寺は、楠木家繁栄のために必要な財力や軍事力、多方面への情報力を有する魅力があり、金剛寺から依頼があれば可能な限り力になっていた。一方、金剛寺は信奉者の後醍醐帝から真言密教としては初の天皇家勅願寺の栄誉を授かっていた。

　後醍醐帝は金剛寺行幸の折に、座主と世間話に及んだ。

「御坊、なにか面白い話を聞かせてくれぬか」

「そういえば畿内にその武名が轟いております楠木正成殿と先日お話しする機会がございました。なんと楠木殿が『鎌倉幕府の世をどうにかしなければ自分らの将来が覚束ない』と仰せであったのに驚きました。更にここだけの話だと前置きされたうえで、『自分は悪党の道を歩もうと思う』と言われるのです。御家人の方々にも幕府離れが徐々に始まっているのだと拙僧には感じられました」

　後醍醐帝の瞳の奥が輝いた。

「親政を標榜しておる朕にとっても幕府はどうにかせねばならぬ存在なのだ。その実現のためには武力が必要になる…。御坊、実にいい話を聞かせて頂いた。感謝するぞ」

後醍醐帝は早速第三皇子に楠木正成と連絡を取るように命じた。

ここより後醍醐帝・大塔宮親子と正成が一本の糸で紡がれてゆくのである。

（二）大塔宮

ひとりの型破りな親王がいる。

大塔宮護良親王《おおとうのみやもりよししんのう》である。

後醍醐帝の第三皇子であり、帝と同じく鎌倉幕府打倒に燃えている。

北嶺を味方につけるという後醍醐帝の策で比叡山延暦寺の座主となり、今は尊《そん》雲法親王《うんほっしんのう》と呼ばれている。

正成は比叡山の大塔宮から呼び出しの書を受け取った。実質の〝令旨《りょうじ》〟といえる。

大塔宮は、尊雲にはなりきれずに護良と呼ぶほうが相応しいかのように日々武芸に励んでいた。

「そちが楠木か。よう来てくれた」

漲《みなぎ》る英気が笑顔から迸《ほとばし》った。

（眩《まぶ》しい）

一瞬正成はたじろいだ。大塔宮は間を与えない。

「早速だが本論に入る。私は朝廷の軍を組織したい。そのために悪党を纏めてくれぬか。三万でも四万でもよい。朝廷が軍を持てば、幕府の動向を気にすることなく政が出来る。朝廷が戦をはじめないから、右顧左眄《うこさべん》している悪党たちがこちらに靡《なび》いてこないのだ」

大塔宮は構わず続ける。

「朝廷軍は、国軍と呼ぶべきものである。幕府を倒したのちは、政《まつりごと》は、朝廷軍の力を背景にして行われる。これは帝も承知しておられることだ。私がそなたを呼び出したのも、帝に命じられてのことなのだ」

迸《ほとばし》る才気が弁舌に彩《いろどり》を添えているかのようである。

「私は、考え続けてきた。帝の子として生まれた意味から、この国の有り様まで……。全てをここでは言い切れぬ。ただ、朝廷軍というところに、ひとつの考えが行き着いたことは確かだ」

　溜め息をついた。

「本来ならば、幕府軍が朝廷の軍として機能しておらねばならぬのだ。しかし、過去において朝廷は領地問題でしくじられた。幕府による『守護地頭』の設置申請を朝廷が許可されたがために、領地安堵の権限を幕府が持つようになり、つれて各地の武家・豪族は幕府に靡いてしまった。武家社会では、領地を与える者が力を持つのは当然のことだ」

　正成は大塔宮から怒涛の勢いで持論を述べられ一瞬呆気にとられたが、同時に何とも言えぬ心地良さも感じた。

（純粋なお方なのだ）

「朝廷軍が、また新たな幕府を作ることにはなりませんか？」

　正成は大塔宮に一息ついてもらうべく質問を挟んだ。

「違うのだ。将軍を頂点とする武家社会の身分制度を失くし、〝天皇制〟のもと万民が平等な世を築くのだ。朝廷軍も他の組織と同様に帝の支配下に置く。各組織には運営上の階級は必要ゆえに残すが、〝天皇制〟のもと個々人の身分はあくまで平等とするのだ。武家が威張り散らし、商人や百姓が虐げられる世を改めるのだ。非御家人たる『悪党』にとっても魅力があろうが…」

「身分制をなくすことに異論はありません。しかしそれだけでは悪党は動きませぬ。悪党が何を求めているのか、大塔宮様はお考えになったことがありますか？」

「おう聞かせてくれ。悪党である楠木正成は、何を求めているのだ」

「そもそも悪党は、生き延びるための方便でなったものなのです。生き延びさせてくれさえすれば幕府にも与《くみ》します」

「悪党は幕府に逆らっているではないか」

「それは幕府が生き延びさせてくれないからです。土地のほとんどは御家人のものであり残りは公家や寺社のものです。悪党が生きる余地はどこにもございません」

「朝廷にも与えるべき土地はないぞ。だから官位で釣ろうとしているが、悪党は官位など無用の長物であろう。どうすれば悪党は朝廷に味方するのだ」

「銭です。悪党は銭で生き延びる術《すべ》を身につけております…」

「その銭も朝廷にはない」

「銭が入る仕組みを保証してやることです。米を動かす、農作物を動かす、海産物を動かす、鉱物を動かす、それらをはじめ人の営みに関わる全てのものを動かす。そこに銭が生まれます」

「それならば、朝廷でなくとも幕府も与えることが出来るのではないか」

「鎌倉幕府は米を作り動かすことのみ考えています。あらゆる物の流通が発達している畿内には適さない体制と申せましょう」

「銭の入る道か。考えておこう。それを考えたならば、悪党をまとめてくれるのだな」

「この正成では、無理でございます」

「誰ならば、それが出来るのか」

「あなた様、大塔宮様ならばできます」

「ほう、どうやればできるのだ」

　正成は改めて大塔宮を見つめた。

「叫ばればよいのです。『大塔宮ここにあり』とひとりで叫び、戦われることです。あわせて令旨も発せられることです」

「この護良が自ら兵を挙げよというのか」

「大塔宮様が兵を挙げれば、悪党は勝算ありと感じて馳せ参じるでありましょう。先に付いた方が、より多くの利を得ることが出来るというのは商《あきない》の鉄則でございます。軍勢を整えられるのはそれからでも遅くはありません」

「それまでに捕縛されれば武運拙《つたな》く倒れただけのことで終わらぬか」

「心配はご無用にございます。この正成が大塔宮様挙兵のあと間髪を入れずに兵を挙げます。この正成は悪党です。私が声をあげれば、利の臭いを感じ取った悪党が参集するのは目に見えております」

「参集した悪党に私は何で報いればいいのだ？」

「銭の道です。水運、陸運、海運を保証し、そこで働くことを認めて頂ければいいのです。大塔宮様が作られる新しい国がそれを認める。そうすれば悪党は自分の力を売ります」

大塔宮は夏の生気が満ち溢れる比叡の青葉若葉を内に見つめた。

（正成は、この私に挙兵を勧めている。何の力もないのに立てと言っている。正成にとっては、これも取引なのであろう。やれ帝だ朝廷だと叫んだところで、そんなものは悪党には何の役にも立たないのだな…）

　対面を終えると正成は叡山を後にした。

　大塔宮は、それから何日も考え込んだ。

「正成殿は大塔宮様を煽《あお》りたかっただけではないでしょうか」

　一挙に挙兵まで飛躍したので、北畠具行《ともゆき》は元の線まで後退《あとずさ》りさせようとした。

「時が迫っている、と正成は言いたかったのであろう」

（この時期、後醍醐帝は活発に動いておられる。南都北嶺を味方に引き込もうとされ、民が喜ぶ法令を出され、各地の武家には盛んに綸旨《りんじ》を発しておられる。そして宮中では毎日のように倒幕の密議を行なっておられる）

「いつ六波羅軍が、あるいは鎌倉の幕府本隊が動いてもおかしくない。いまのところ、倒幕の謀議が洩れていないだけなのだ」

　大塔宮は最悪の事態を想定した。

（いずれ謀議は六波羅の知るところとなろう。今度こそ、幕府は後醍醐帝の罪を問うかもしれない。さすれば帝は退位となられ、私の親王の立場もなくなる）

　夏の木々が緑色の風を包んだ。

（六波羅には幕府軍が大量に駐留することとなり、悪党らが蜂起する余地もなくなろう）

蝉《せみ》の囀《さえず》りが激しくなってきた。

（北条家の中に中興の祖ともいえる人物が現れないとも限らない。義時・泰時のような重量級の人物が出現すれば世は鎮まり、朝廷が政の表に立つ世は遠のいてしまう）

「私が思い描いている〝天皇親政〟の実現を目指すならば、ほかの勢力が動く前に、朝廷が動かねばならぬ。でなければ、いかなる事態が起ころうとも、朝廷のあり方が新しくなることはない。例え武家の間で騒乱が起きたとしても、朝廷は大義や権威に利用されるだけで、乱が収まれば元のお飾りに戻るだけだ」

具行は、正成の目線を測った。

「楠木殿も袋小路に嵌《はま》っておられるのではございませんか。悪党として勢力を拡大するには限界があり、今のままでは圧倒的な武力を有する幕府に屈するしかありません。『自分も悪党としての存亡を賭けるゆえに、大塔宮様もお命を賭けて頂きたい』、そう言われているように私には聞こえました」

話題を摂津に向けた。

「赤松円心殿は如何でありましょうか」

「私は則祐《のりすけ》（円心の三男）を通して円心という人物の輪郭が見えてきた。実に柔軟な男よ。悪党なるがゆえに、混乱が生じれば乗じて儲ける。そこに利があると測れば、幕府にも従う。今も地頭職を受けているところを見ると、御家人であり続けることも厭《いと》うまい。世の流れをよく捉えており、時流を見誤ることは少なかろう」

気がつけば蝉は鳴きやみ静寂があたりを包んでいた。

「もう私は待たぬ。ほどなく弟の宗良が天台座主となる。さすれば私は朝廷の戦いに専念できる。生きながらえての死より、果敢に戦って散る方を選びたい」

（武人のようなこの気概が、この親王の魅力なのだ）

具行は若い頃より後醍醐帝に近習してきた。

（誠に複雑怪奇な人格であらせられた。激しさも、狡猾《こうかつ》さも、狷介《けんかい》さも、すべて受け止めてきた。帝なればこそである。私にとって帝は万能である。死ねと命じられれば、その場で死ぬ。契《ちぎ》りでも交わしているかのような武家の主従とは全く

異なるのだ）

そして大塔宮護良という親王に出会った。

（最初は帝の激しさだけを受け継がれているように見えたが、長く接するうちに剛直かつ純粋な人柄に次第に好感を持つに至った）

具行の顔が歪《ゆが》んだ。

（帝にも親王にも、ただ愚直に仕えてきた。この愚直さは、公家の家に生まれた者に特有のものだと思っていた。しかし、帝に仕えて以来、周囲の廷臣を見ている間に、必ずしもそうではないと思えてきた。彼らは愚直とは正反対なのだ）

具行は、宮中にいるより、大塔宮のそばにいる方が楽しかった。

（受け止めなければならないのはその激しさだけであるし、何より周囲に異臭を放つ廷臣がいない。日野俊基らは活発に活動しているが、身を危険にさらして動く廷臣はまだいい。決して危険なところには立たず、帝の傍にいることこそが力だ、と勘違いしている廷臣がほとんどである。そして帝は、彼らを嫌ってはおられぬ）

具行は時々帝の狡猾《こうかつ》さと狷介《けんかい》さを恨めしく感じることがある。

大塔宮は叡山を下りる正成の姿を瞼に浮かべながら具行に言った。

「何かが動き出す予感がする。正成も同じ予感を持った故に叡山に登って、私と論じたのであろう？」

「私は、宮中に戻ります。そして何があろうと帝の傍を離れません。そして宮中より大塔宮様を見続けております」

「そうしてくれ。帝と私は一体でなければならぬ。つまらぬ廷臣らを間に入れたくない」

（大塔宮様は梶井門跡から天台座主となられた。宮が出家なされたのはいいことだったのかもしれぬ。宮中におられたならば、帝の寵愛を受けている廷臣たちとぶつかられたに違いない）

比叡の嶺を覆う木々が黄金に染まるころ、具行は叡山を降りた。

（三）御家人から悪党へ

正成は澄み渡った天空の星に心を奪われていた。

傍らには寺田祐清《すけきよ》が控えている。鳥丸《とりまる》と呼ばれていたころからの側近である。

観心寺で学んだからであろうか、最近はどことなく知性が漂い、落ち着きが信頼感を醸し出している。

「烏丸よ、大塔宮様に大変なことを申し上げてしまったぞ」

正成は二人きりの時は今でも烏丸と呼ぶ。

「大塔宮様が兵を挙げられれば自分も必ずそれに呼応《こおう》する、と申し上げてしまったのだ」

熟慮の末ではあった。

（悪党が生き延びるには、幕府が倒れ新しい統治者が現れなければならぬ。そうならねば悪党は滅ぶ！）

しかし新しい統治形態が浮かばない。

（いまの朝廷にその力はない。だとすれば幕府と戦えるのは誰なのか？　足利高氏か新田義貞か。もともと源氏政権下の鎌倉幕府では一御家人に過ぎなかった北条家に仕えてはいるが、源氏の棟梁として期するものがあるはずだ…。いや足利や新田が勝利したとしても新たな幕府ができるだけではないか）

得宗被官として御家人でもあった正成は、源氏政権に対しての敬意も多少残っている。

（いまの悪党には団結して戦う力も意志もない。利で誘われればそちらに靡《なび》く。それが悪党の生き方だからだ）

今でも多少の迷いはある。

（やはり幕府の御家人として河内赤坂あたりの地頭職におさまるか）

改めて気を取り戻す。

（そうなれば河内を中心に、和泉、摂津、大和、伊賀まで広げた商いは出来なくなってしまう。それは畿内から九州にかけての賑わいを奪うことにはならないか）

大塔宮の姿が浮かんだ。

（新しい国を作ると大塔宮様は言われた。悪党に過ぎなかった自分がその力の一つになる。何とやりがいのあることではないか。そして身分制がなく万民が平等な新体制下で楠木一族は世の繁栄のために力を尽くせばいいのだ）

一方、楠木一族を守らなければならない身としてはやはり怖い。

（一旦幕府に反旗を掲げれば、幕府を倒さない限り楠木一族は反逆者となる。負ければ一族ことごとく誅殺されるであろう。敢えて危険な道を選ばなければ、楠木一族は本当に生き延びられないのか…）

大塔宮に会う際に、意を決していたわけではなかった。

（悪党の拠って立つ場所を朝廷政権に賭けてみようと考えてはいた。大塔宮様と意思疎通を図れた今ならば、四分の自信は持てた。あとの六分は実行に移す胆力こそが決めるのではなかろうか）

不安が襲う。

（朝廷と幕府の力の差は、歴然としている。力の差などというものではない）

幕府が一方的に牛耳っているという体《てい》なのである。

（兎も角、兵站《へいたん》を整えねばならぬ）

伊賀や大和を駆け巡った。

玉櫛の倉に保管している武器を、各地に持ち出すのである。一旦戦が始まれば、命ある限り戦うしかない。河内の戦いで敗れれば、落ちのびる場所は、伊賀か大和である。

伊賀の悪党、金王盛俊や重里持久の村にも兵糧と武器を運び込んだ。それだけではなく、銭倉の銭もかなり預けた。

ふたりと酒を酌み交わした。

「河内は時流を見るには恵まれた場所であり、正成殿は地の利を活かして、あらゆる手を打たれておいでだ」

「だが、力が小さ過ぎる。自分一人ではどうにもなりませぬ」

「私は正成殿の次の一手を常に見ています。ご心配には及びませぬ。時代がどう動こうともこの金王盛俊は楠木正成という男を決して裏切りは致しませぬ」

「俺もだ、盛俊殿。そなたに決して損はさせませぬし、迷惑もかけませぬ。長い目で見ていてくだされ」

「正成殿が生きておられる限り…」

同様のことを持久も思った。


時流は動いている。

京に配置している斥候《せっこう》から随時情報が入る。

大塔宮が遂に還俗を決意して、叡山の兵を調練しているという。

ここに至って、正成は一族と主だった家人二十人余を玉櫛の館に集めた。

夜風に蝋燭《ろうそく》の炎が揺れた。

「皆に伝えたき儀がある。心して聞いてくれ。楠木一族はこれより幕府との戦いに挑む！」

「いよいよ戦が始まるのですね」

戦巧者の正季が一番に声をあげた。正成の弟である。

「しばらく機を待つ。機が至れば一気呵成に突き進む。それまで兵の調練を続けてくれ」

「和泉の和田助康殿、伊賀の金王盛俊殿や重里持久殿はじめ他の悪党への合力依頼はなされますか」

「やらぬ。楠木軍一千のみで戦う」

全員が息を呑んだ。

「俺が今声をかければ、二〜三万の兵は集まるだろう。六波羅と一年くらいは戦えるかもしれぬが、関東からの兵が押し寄せれば瞬く間に潰されよう。一ヵ所に立つのではなく、各地でバラバラに蜂起する。これが悪党の戦いだというものを見せてやる」

「そして勝つのですな、兄上」

「そうだ。勝つのだ、正季。いま、楠木が戦をやらねばならぬ理由はない。しかし、今やっておかぬと、少しずつ締めあげられ、やがて悪党でさえもなくなってゆく。いやだ。俺は悪党として生き延びてゆく」

　正成は皆の目を見通した。

「申し伝えたき儀は以上である。いつ招集するかわからぬ。心しておけ。尚、幕府と戦おうとしていることを知っているのはここにいる者だけだ。他には伏せろ。それでは、散れ」

　皆が退出し、正季だけが残った。

「大英断を下されましたな、兄上」

「英断と呼べるかどうか…。ただ、俺は悪党としての活路を捜し続けてきた。そのためになすべきことはすべてやってきた。しかし決めたのは、弾《はず》みのようなものだ」

「弾みがなければ決められない。そういうところまで兄上は来ておられたのですね。悪党は皆不安を拭いきれていません。各地で小さな蜂起が頻発するのもそのせいでしょう。今のところ我らは六波羅の目から上手く逃れていますが、いつ気づかれるか不安でした。兄上の大英断を聞いてすっきりしました」

「幕府相手とは向こう見ずもいいところだ。しかも、あろうことか朝廷を拠って立つ場所にしようとしている。河内のちっぽけな悪党がよ」

正成は決意の意図を自問自答した。

（何のためだと。この手で新しい国を作るためだ。そこまで考えなければ戦などやってはおれぬ）


正成は新しい政を標榜して後醍醐帝の親政樹立に向けて奔走した。

（悪党とは、物流にて生計を成り立たせている集団である。旧来の領地支配を基盤とする荘園領主・御家人とは自然と対立する宿命にある。彼らの背後には鎌倉幕府があるわけだから、悪党とは幕府に逆らう者ともいえる。故に自らを守るためには武装せざるを得なかったのだ…）

元弘元年（一三三一）九月三日、正成は大塔宮のとりなしで花見の宴席に招かれた。後醍醐帝に拝謁した正成は己の立場を申し述べた。

「悪党は、〝打倒六波羅探題〟を掲げる故に悪党なのです。私はいまある理不尽に立ち向かうべく幕府に挑もうとしているのです」

稲穂が頭を垂れている。すっかり秋景色である。

「六波羅は古い支配の象徴といえます。私は新しいやり方で古いものを毀す戦いをしたい。これまでも六波羅軍を幾度か追い払いましたが、その戦術は大抵従来の軍学からは外れています。まして幕府の大軍を前にした悪党の戦いには意表を衝く戦術がどうしても必要になるのです」

傍らには大塔宮が控えている。天台座主の期間が長かっただけに世間というものがいまひとつピンとこないのであろう。自然と質問調になった。

「例えば、東国の武士どもが固い結束を保っているのは、ひとりひとりが父祖代々の領地を持ち、その領地を幕府から安堵されているからであろう。ゆえに、戦となれば幕府のもとでひとつになる。逆に言えば、ひとつにならなければ戦に勝てぬ、領地を守れぬということである。武家の領地が長いあいだ幕府によって安堵されてきたという歴史が、それが繰り返されてきたという事実の積み重ねが、彼らの力の源泉《みなもと》になっているということであろう」

「ゴホッ」

後醍醐帝が咳をした。話し始める際の習癖である。

「楠木とやら、そなたのことは金剛寺座主から聞いておる。ともに新しい世を築いていこうぞ」

「ハハッ、恐悦至極に存じ奉ります」

それだけの〝おことば〟であった。

大塔宮と御所の外に出た。

大塔宮は正成と出会って物流というものに興味を持ったらしい。

「正成よ。お前が物流を重要視するのはよく分かる。それを差配できれば武力以上のものを見いだせるとお前には見えているから、その利で世を豊かにしようとしているのであろう。しかし、その利は人により、あるいは地域により異なるのではないか？」

「確かに人は利だけのために手を組むものではありませんが、個人間や地域間で異なるとはいえやはりそれは大きいと申せましょう」

二人で山崎を訪れた。正成は大塔宮に世間というものを見せたかったのである。

街中を歩いて大塔宮は感激した。

「ここ山崎はまさに京の出入り口なのだな。全ての荷物がここで一つにまとめられ、淀川、鴨川、桂川を伝って洛中に運ばれておる」

正成は軍事面から京を論じた。

「京には魔ものが棲んでいると言われます。戦という観点から見れば、河内や摂津の悪党だけでも京を奪うことが可能です。だが一旦奪った京を守り抜くのが難しいのです。ここ山崎を戦術的な眼でご覧になればそのことがおわかりになられましょう」

「…」

出家していたとはいえ、大塔宮には天賦の軍才が備わっている。目を閉じて戦略的な視点で京を俯瞰した。そして黙って頷《うなづ》いた。

元弘二年（一三三二）九月三日に後醍醐帝に拝謁した正成は翌四日には河内に帰国した。下赤坂城を築き上げ幕府軍と戦端を開くのが九月下旬である。わずか一か月弱で北条得宗家（執権家）被官という幕府方から朝廷方に外見上も転じたのである。

（幕府政治にしてもそれ以前の摂関政治にしても民衆を搾取しているに過ぎぬ。それを正してわが国一層の繁栄を齎《もたら》すために天皇親政を目指される後醍醐帝に賭けてみよう）

正成から正義感が迸《ほとばし》った。

三十九歳の秋、歴史の大きなうねりの中で楠木正成は歴史の表舞台に立った。

六波羅＊1…六波羅探題。朝廷の動きを監視するために京都に設置された鎌倉幕府の出先機関

悪党＊2…鎌倉幕府支配体制に反抗した者・階層、九ページ「悪党の定義」参照

第二章　帝立つ

（一）　偽帝

木枯らしが叡山の木々を激しく揺らす中、大塔宮のもとへ急ぐ公卿の姿があった。

後醍醐帝と大塔宮の連絡係を務めている北畠具行である。叡山に腰を落ち着けるでもなく、小一刻話し終えると、そそくさと宮中に戻っていった。事態は切迫しているのである。

赤松則祐は山門まで具行を見送ると居間に引き返し大塔宮の下座に腰を下ろした。

「で、具行様は何と…？」

「いよいよ帝が立たれる」

「…」

あまりの急転回が則祐から次の言葉を奪った。

「帝は南の笠置山《かさぎやま》方面に向かわれたいようなのだ。しかし六波羅の追捕を振り切るのは至難の業であり、そこで具行から相談があったのだ」

大塔宮は惑溺として続けた。

「『帝は叡山へ登られる。南都方面ではなく、北嶺を頼られる』と六波羅に思わせて軍勢を叡山に振り向けさせ、その隙に笠置山へお渡りになられる計画だそうだ」

「つまり、ここ比叡の地で我らと六波羅軍が一戦を交えるのですね」

「そうだ。日頃の調練の成果を試す絶好の機会が訪れたのだ。何より緒戦に勝つことこそ肝要だ。先勝すれば反幕勢力に刺戟を与えることが出来よう。わかっておろうが、他言無用だぞ」

偽帝の行在所《あんざいしょ》を本堂とすることに決め、僧兵二百に警護を命じた。東坂本の登り口には僧兵二千を配して大塔宮自らが指揮し、その他京からの登り口である雲母坂《きららざか》にも一千を配した。

「今回は帝が自ら先頭に立って動かれた。〝正中の時〟のように周囲の者に罪を押しつけて『朕は知らぬ、存ぜぬ』で通されることなく、親政を目指して自ら率先して動かれたのだ」

大塔宮は雲間に光明を見た。

(帝自らが動かれることこそ何より必要だったのだ。動かれた帝をどうお護りするかは、その上で考えればよいことなのだ)

偽帝の輿《こし》が坂本口の山門から本堂へ向かった。

大塔宮は型通りに恭《うやうや》しく拝謁した。

(僧兵に偽帝と感づかれてはならぬ)

各方面の指令僧を広間に集め、戦術会議を開いた。

則祐が口火を切った。

「大塔宮様、六波羅が大軍で攻め上るならば東坂本口からしかありますまい。他の道は狭く、迎撃《げいげき》を受ければいかに大軍と雖も脆《もろ》いと考えて避けるはずです」

(東坂本口は自分が指揮する。断じて突破はさせぬ)

「則祐、ここは悪党の戦い方で勝ちたいものだな」

「と申されますと…」

「六波羅は、旧い支配の象徴のようなものだ。旧いやり方で戦うのではなく、旧いものを毀す戦い方をしてみたい」

大塔宮は林を迂回して敵の背後をつく作戦を試みようと提案した。敵の坂下に位置することになり軍学に反する動きである。

「私は正成はじめ諸々の悪党の戦い方を省みてなにやらわかった気がする。悪党の戦いで、六波羅をてこずらせたものは大抵軍学から外れた意表を衝くものであった。無論、軍学からの外れ方次第だ。ただ暴れ回るだけで、疲れ果てて六波羅に叩き潰された悪党もいた…」

（大塔宮様は個々の悪党の名前まではご存じないようだ）

「前線の指揮は私がとる。斜面や森の中の戦いは叡山の僧兵が得意とするところだ。ちょうど坂東武者が平原を得意とするようにな…」

「わかりました。但し、大塔宮様は大将であられます。前線の指揮は私がとり行いますので、本陣にて戦の大局を見据えてご指示くださいませ」

「則祐。私は悪党の戦いをしたいのだ。大将が本陣で総指揮を執るような武家の戦い方を行なうならば、敵方に一日の長があることは明白であろう」

（実際に正成はそうやっていた）

大塔宮は肚に叩き込むように自らを叱咤《しった》した。

分岐点と心得ていた緒戦に勝利することが出来た。

山林を背に三段構えの陣を張り、敵の先鋒の突撃を受けた味方の先陣は負けたふりをして撤退、その間に第三段は敵の背後に回り、敵を十分に引きつけた上で、第二段とともに四方より攻撃を仕掛ける。まさに袋叩きの様相となった。敵は潰走しはじめた。

あっさりと勝ってしまった。

（負けなかっただけだ。個々の勝利に酔うのは意味の無いことだ。あとは緒戦の勝利のみでいかに戦いを終えるかだ）

大塔宮は勝利下の撤退戦を実行することにした。

「則祐、僧兵を元の陣形に戻せ。戦はこれまでだ。真相が判れば六波羅は攻めては来ぬ」

「もう一段、勝利の度合いを深めた方が、反幕勢力としての比叡山の存在をより強く世に示せるのではございませんか？」

「則祐、私も出来ればそうしたい。しかし叡山の力が当てにならないものであることは、座主の私が一番よく知っておる。今彼らが私の命に従っているのは、叡山という狭い世界を守るためには、帝の権威を利用した方が得策だと思っているからに過ぎぬ。尤も私もそういう叡山の立場を利用している訳ではあるが…。故に戦いが長引き、六波羅が締めあげてくれば叡山は座主である私さえも見捨てるであろう」

大塔宮は、大きく息を吐いた。

夜半から、僧兵たちの囁《ささや》きが広がり始めた。そして夜明け前には、雲母坂の僧兵が宿坊に戻り始めたのである。

（露呈してしまったようだ）

さすがに、大塔宮が指揮する東坂本口の僧兵は、その指示があるまでは動くことはなかった。

大塔宮はこれまでの経緯を説明するために僧兵たちを本堂の前に集めた。

「皆に正直に言う。実は今般の叡山行幸は、帝ご自身ではなく身代りによるものであった」

ざわめきが起こった。

「よく聞いてほしい。今回の六波羅軍との戦いは決して意味のないことではなかったのだ。まず叡山は〝帝〟を守るために、六波羅勢を打ち払った。これは、驚くべきことである。これで六波羅も叡山の力を認めざるをえないであろう。そして北嶺たる叡山の働きにより、帝は無事に笠置山へ移られることが出来たのだ」

高らかに誇らしげに弁じた。

「繰り返すが、われ等は六波羅軍に勝ったのだ。このことは各々《おのおの》の心に刻んでおけ。そして、夫々《それぞれ》の宿坊へ戻れ。私は笠置山におわす帝のもとへ向かう。私についてくるものは拒まぬ。いずれにしても、叡山での六波羅勢との戦いは終わったのだ」

大塔宮に従う僧兵は百名に満たなかった。

「これより南進し笠置山におわす帝の軍と合流する」

叡山は、大塔宮が下山すると急速に日頃の姿に戻った。

（二）笠置山

正成は河内から笠置山の様子を気にかけていた。

後醍醐帝と合流した大塔宮からの使者が訪れた。正成を後醍醐帝の前に召しだす機会を測っているのであろう。おかげで正成は笠置山の様子が手に取るようにわかる。

笠置寺を行在所として周囲を固め天険《てんけん》を利用した要塞・笠置城を築かれたという。

（帝が盛んに綸旨を発せられておられるが、馳せ参じる悪党・豪族は疎《まば》らだという。ということは笠置城の兵力は、せいぜい七百程度であろう。六波羅軍七千の兵に包囲されて攻め続けられているが、天険が何とか防いでくれているということか）

現況を分析した。

（笠置山の戦いは、規模が幾分か大きい悪党の戦いのようなものだ。悪党の頭目が帝ということが今までと決定的に違う点だ。だが帝の権威だけでは兵は集まらないことがわかった。悪党や幕府に不満を持つ武家も、今はじっと様子を窺って

いるのだ）

それでも畿内全域に吹く風はこれまでとは色彩が異なる。

（大塔宮様の叡山における緒戦の勝利は、畿内に新風を呼び込んだ。笠置城は包囲されて攻めたてられているが、叡山から流れ込む風韻が朝廷軍の士気を高めているのであろう）

後醍醐帝のことを思った。

（笠置城は程なく落ちよう。帝は捕縛されるかもしれぬ。まさか幕府は帝の首を刎《は》ねることはあるまい。前例に倣《なら》うとすれば、〝承久《じょうきゅう》の時〟における後鳥羽院のごとく遠流となられるであろう。それ以上の果断な処置を幕府がとることはあるまい）

幕府の動きを想定した。

（幕府が関東より大軍を発したとの知らせが届いた。十万の大軍と称しているが、実際は五万から六万であろう。それでも悪党を怯《ひる》ませるには十分な数である。大仏貞直《おさらぎさだなお》を総大将とし、金沢貞冬など北条一門を中心に編成されており、そこには足利高氏や新田義貞という源氏一門の武将も加わっているという）

正成は怯えた。河内の平野を埋め尽くすほどのとてつもない軍勢を相手に戦いを挑もうとしているのである。しかし次の瞬間に怯えを奮起に変えた。

（鎌倉からの大軍の派遣は幕府を疲弊させせよう。一度のみならず二度・三度と派遣させることが出来れば幕府の台所は火の車となるに違いない。一方では人数分の兵糧が必要となり、それらを運ぶのは俺たちの仲間だ。つまり我らが儲かるということでもある）

正成は大塔宮に呼ばれて笠置城内の行在所《あんざいしょ》を訪れた。粗末な建物であり、兵の数も挙兵した時と殆ど変らず、せいぜい七百程度のままだ。

暫く待機していると、後醍醐帝への拝謁を許された。

（大塔宮様のお口添えがあったのであろう。さもなければ、この危急時に帝の拝謁など賜われようか…）

下段の間の両側に廷臣が並んで座っている。廷臣のひとりが言った。

「楠木とやら、本来ならばそなたなど帝の拝謁を賜れる身分ではないのだぞ…」

（そのようなことは心得ておるわ。身分で戦をするわけでもないのに何と愚かな物言いだ）

帝がゆっくりと段上の間に鎮座した。ふくよかな顔立ちである。目が細くて切れ上がり、恐ろしく異相でもある。

後醍醐帝の声を聴くのは二度目である。前回は一言拝聴しただけであった。

「さて、いかほどで挙兵いたすのか？」

地響きするような高い声である。

（甲高く太い声だ。常人のものではない）

「およそ、一千でございます」

「たったの一千…？」

先ほどの廷臣が鼻で笑った。

「今、当陣営には七百の兵がおるのみである。まあ一千と雖も加われば心強い」

「恐れながら、笠置城には兵は送りませぬ。正成は河内にて挙兵いたします」

廷臣が声を太めた。

「今は帝をお護りするのが第一ぞ。帝をお護りせずして、なんの挙兵ぞ…。一千でもよい。直ちに笠置城に入るのだ、楠木！」

更に別の廷臣が続けた。

「よいか楠木とやら、これは忠義の戦いなのじゃ。下賤《げせん》の者が、恐れ多くも帝のために戦える時なのだ！」

　声が津波となって押し寄せる。

（そこに帝の意思も含まれているのであろうか？）

　正成は意を決した。

「幕府を倒すことこそ、帝をお護りすることになるのだと愚考仕ります」

　北畠具行が合いの手を入れた。

「楠木殿は、河内にいてこそ大きな力を発揮なされます。各地で悪党たちが蜂起することこそが最も肝心なことだとお思いなのです。楠木殿はその先陣を切りたいと仰せなのでございます」

「ゴホッ」

　全員が黙した。後醍醐帝が発言する前の癖《くせ》として咳《せき》をしたのである。

「幕府を倒すことが第一と申したな、正成」

（名前を憶えて頂いている）

　正成は感激した。

「はは……！　恐れ多きこととは存じおり奉りますが……」

「よい」

帝の声が上ずったような気がした。

「朕《ちん》の思うところと同じである。河内での働きを期待しておるぞ。嬉しいぞ、正成！　朕は初めて頼もしい臣に出会えた思いである」

「はっ！　身に余るお言葉、恐れ入り奉ります」

「戦についての存念を申してみよ」

「幕府は全盛期の勢いは多少削《そ》がれつつありますが、まだまだ他を圧倒しています。よって、戦は長くなりましょう。四～五年は覚悟すべきにございます。故に、一戦の勝敗に一喜一憂せぬことが肝要にございます。個々の戦で何度負けようと、最後に幕府を倒せば勝ちなのでございます」

「わかった。長い目で見ることとする。朕は決して望みを捨てぬからな」

「私は悪党でございます。河内で暴れてみせます。時には死んだ振りもしますが、また立ち上がります。そして最後には幕府を倒してみせます。帝が御自ら蜂起なされたことを決して無駄には致しませぬ」

帝から菊水の旗と太刀が下賜された。

（あらかじめ用意されていたのであろう）

大塔宮の計らいであろうと思った。


天高く馬肥ゆる秋の空に鱗雲《うろこ》が広がっている。

正成は大塔宮の居室に案内されると、声を低めて切り出した。

「笠置城は天険に守られてはいますが、城自体は今一つ頑丈には非ずしていずれ落ちましょう」

「わかっておる。ここが落ちたら帝は叡山を頼られることになろう。南都北嶺によると、というのが当初からのお考えであった。但し、いずれを頼られようとも、両山とも自らを守ることに必死の筈だ。六波羅との力の差が歴然としている以上、決してあてには出来ぬ」

天台座主を経験した大塔宮の言葉には重みがある。

「何はともあれ、ついに帝の挙兵となったな」

そのことが何にも増して二人には万感の思いなのである。

「私はもはや引き返せませぬ。一度蜂起してしまえば、勝つまでは止められませぬ」

「勝てるかのう、正成」

「大塔宮様、正成は商人《あきんど》です。蜂起も正成にとっては商いなのです。情報を集めに集めた結果、この国には何が不足し誰がどう補《おぎな》えばよいのか、考えた末の蜂起にございます」

大塔宮は安堵した。

（やはり不安なのであろう。仮に帝が幕府に捕縛される事態になった場合、わが方の旗幟《きし》になるのは大塔宮様をおいて他にはない。大塔宮様には勝てると思い込んでいただくことが大事なのだ）

「ところで正成、帝に拝謁した印象は如何であった？　遠慮なく申してみよ」

「はっ、同じ匂いを感じました。恐れながら帝も悪党です。故に、正直恐ろしくもなりました。権威の象徴である帝が力を持たれた時に、この国はどういう方向に動くのだろうかと」

「まさにそうだな。権威と武力の関係は難しい問題だ。これまでは武力を持たぬゆえに、権威が純粋さを保たれていたのかもしれぬ…」

　大塔宮は一呼吸置いた。

「朝廷軍があればいいとかねて言ってきたが、そもそも今の武家たちはもとはと言えば宮方武将であった。しかし、気がつけば幕府が圧倒的な武力を有するに至り、儀礼の場以外で朝廷の権威が必要とされることはなくなっていた…」

「私は朝廷軍というものに悪党の活路を求めているのでございます」

「帝も朝廷軍を望んでおられる。ただそれは、御家人であろうが悪党であろうが構わぬというお考えのようだ」

「今回の幕府を倒す戦《いくさ》での悪党の戦いぶり次第で帝のお考えは変わるかもしれませぬ」

　笠置山は夕焼けを迎えようとしていた。

「また会おうぞ正成。私はいい友を持った」

「戦は長くなります。その事だけはお忘れなきように願います」

　大塔宮は力強く頷いた。

　山道を降りながら正成は、後醍醐帝の顔を思い浮かべた。

（自分を誹《そし》る廷臣たちの中で、帝だけが「朕ははじめて頼もしい臣に出会った」と言ってくだされた。確かに帝は身勝手だが、帝に身勝手などということがあるのか。帝には帝の意思があるというだけのことではないか。唾棄《だき》すべきは、帝の権威に寄りかかり、口先だけですべてを動かそうとする廷臣どもなのだ）

陽が沈んだ笠置山にフクロウの鳴き声が響いた。

（三）大義は我にあり

「戦いに勝敗はあれど、自分が生きている限り、ついには帝の運は開けます」

元弘元年（一三三一）九月、拝謁した後醍醐帝にそう言上した正成は河内で挙兵の準備を急いだ。正季に指示しておいた戦の準備は概ね整いつつある。

比佐《ひさ》と三人の息子はじめ、赤坂村の女子供は、観心寺に避難させた。

玉櫛荘の倉からは、兵糧や兵器を各地に分散させた。そうして、父の代からの館は焼き払った。玉櫛は低地であり、水攻めされたらひとたまりもないからである。

その上で分散していた楠木一党を赤坂村に集めた。

金剛山麓から少し北に離れたところに小高い丘がある。そこに城を築くと決めていた。

「よいか者ども、まずこの下赤坂に城を築く。住む為の城ではなく、大軍と戦うための城である。勝つことなど考えておらぬ。ここで幕府の大軍を迎え討ち、敵の力を測ることが目的だ」

突貫工事の末、城は十日ほどで完成した。籠城戦の効用を図ることのみを意識した安普請である。

一緒に城内を見回りしていた弟の正季が言った。

「兄上は、長く籠ろうとは思っておられませぬな。『儲けようとし過ぎると、結局損をする』と商いについて兄上はよく言われますが、今回は戦に応用されるのですな」

「長期戦になることを見据えた場合、今やれることはやっておかねばならぬということだ」

「兄上は戦略家だ。あっさりと玉櫛の館を焼き払うなど、非情な面も持っておられる。私には父上の面影が残る館を焼くのは、戦に負けて逃げる時しか考えられませんからね」

「戦う前から逃げる支度をしておるのよ。敵が勝ち誇って乗り込んできたときに、肝心の城には何もなく村は焼き払われているとなれば、敵に残るのは何だと思う。疲労だけだろうよ。疲労も積み重なれば、戦力の低下となる。商いの世界では、廃業せねばならなくなるのと同じ状態だ」

正季は商いに例えられると戸惑いが生じるが、戦術として考えると理解できる。

「兄上、これからの戦いで私はどう動けばいいのですか？」

「正季、ここを何万いや何十万もの敵兵が攻めることになる。幸い、地形からみて一度に攻め込むことは出来ぬ。数千単位で攻めてくることになろう。それを打ち破る戦法を編み出してくれ」

「戦法は練りに練りました。もう鼻血も出ないくらいです！」

「それでは兵の調練も兼ねて、更に大きな石を運ばせろ」

既に石は山積みされているが、すべて拳ほどの石である。投擲《とうてき》には有効だが、攻め寄せる大軍相手では限界がある。確かに大きな石を転がすほうが有効であろう。

「兵の調練も兼ねさせるとは、商い上手の兄上らしい。すぐにやらせましょう」

正成挙兵の報は、すでに畿内を駆け巡っている。斥候の報告によれば、長門《ながと》で挙兵した悪党がいるようだが、長門ではいかにも遠い。より近い播磨の赤松円心に動きは未だ見られない。

ついに六波羅が楠木討伐に動いた。

和泉の和田《みぎた》助家が正成討伐の命令を受けた。助家は幕府方の地頭であるが、お家存続のために嫡男の助康（二十歳）を朝廷方に仕えさせていた。また助家と正成は幼き頃よりの友でもあり、楠木軍と和田軍は、戦術を示し合わせながら戦った振りをした。

斯様に畿内の御家人が、悪党に近いものに変質していることを、六波羅は摑みきれていない。

（力とはそういうものなのか。力がある故に見落としても問題がなかったものが、力が落ちてきても同じ見方しかできない。きっと負けるまで気づかないであろう）

悪党とて同じようなものである。

（悪党の多くも、まだ先行きを見通せずに静観し、損得勘定をしている。もともと悪党とはそういうものであるが…）

関東からの大軍が京に入ったという知らせが届いた。

（幕府軍はまず帝の行在所たる笠置城を攻めるに違いない。それから赤坂に向かうであろう）

正成はもう恐れてはいなかった。

（帝の綸旨に応じたのだ。大義は我にこそある）

悪党がどういうものであるか知り尽くしている。

（利ではなく大義を掲げても悪党は集まり難い。しかし一旦大義で集まれば、その力は一つになり得る…）

寺田祐清は気心の知れた側近である。何事も忌憚なく相談できるので重宝している。

「祐清（鳥丸）、俺は六波羅とばかりではなく幕府本隊と早く対決したい。無論勝てるとは思っていない。圧倒的戦力を有する相手の戦い方を知るのが下赤坂城籠城戦の目的なのだ」

「殿がこの城に長期に籠るつもりでおられないことはよくわかりました。それで下赤坂城を放棄された後はどうなさるのですか？」

「楠木一党は、畿内各地に散る。そのために、兵糧も武器も分散したのだ」

「それからは？」

「その時考えよう。情況の変化に合わせて、柔軟に対応することこそ肝要だと思う。正直、大軍に囲まれた場合が想像できぬ。故に今は怖い」

恐怖を見せられる相手は、祐清のみである。

(四)　隠岐遠流

京に集結した幕府軍が動き始めた。途中で畿内の御家人が加わり七万に達したという。

幻だった幕府軍が、七万の軍勢という貌《かお》で具体化し、その事が正成の肚を据えさせた。相手の実態を把握することが商いの第一歩なのだ。

元弘三年（一三三二）八月、大仏貞直率いる幕府軍本隊五万が笠置砦を囲み、金沢貞冬率いる二万が下赤坂城に向けて南進した。足利高氏と新田義貞は笠置方面の後詰めだそうだ。最精鋭軍を前面に出さなくても捻り潰せると思っているのだろう。

（笠置城は一日と持つまい）

大塔宮軍を除けば、統制の取れていない朝廷軍では如何ともし難いことは分かっていた。

やはり笠置城は一日と持たなかった。

（果たして帝は宗良親王が座主を勤められる比叡山延暦寺まで辿り着かれようか…？）

後醍醐帝が叡山に向かう途中で捉えられたという報が正成のもとに届いたのは、十月一日であった。翌二日に、大塔宮は四条隆貞らに守られて下赤坂城に落ちのびてきた。

「具行も帝と行動を共にした。私には止められなかった」

「何故にございますか？」

「帝とはそういう存在なのだ。私は息子だから断ち切ることが出来たが、側にいる者を惹きつける力は凄まじい。具行も、帝に備わる権威に抗《あらが》いきれなかったのだと思う。正成、お前でさえ、お側にいたら抗えないだろうよ。それほどまでに帝の力とは不思議なものなのだ」

　大塔宮は続けた。

「今度の戦いでは、帝が挙兵され正成が応じたが、他に応じようというものは出なかったに等しい。帝が囚《とら》われの身となった今、応じるものはもはや出てこないのではないか？」

　正成は首を振った。

「大塔宮様がおられるではありませんか。決起する者には旗幟《きし》が見えておればよいのです。帝が見えている。大塔宮様が見えている。それでいいのです」

　正成は常に将来を見据えている。

「帝の挙兵で朝廷と幕府の対立が、はっきりと誰の目にも見えました。しかしその対立がどう流れるかは見えておりません。帝の捕縛で、すべてが終わったと思っている者がほとんどかもしれません」

　大塔宮は正成の目を見た。

「しかし、楠木正成がいる」

「大塔宮様もいらっしゃいます。帝は捕縛されましたが、時勢の流れは誰もが感じたのではないでしょうか」

「帝を中心とした国。もともとこの国はそうであった。この国は新しくならねばならぬ。ここで戦わなければ、この国の混迷は深まるばかりだ」

「大塔宮様。やはり幕府は強うございます。長期戦になりますぞ」

　そういいつつ正成は畿内の地図を広げた。そして大塔宮と戦略・戦術の擦り合わせを行った。

「まず畿内に大塔宮様の拠点を構える必要があります。大塔宮様の拠点は誰にでも見えなければなりません。倒幕の旗を高々と掲げられ、令旨を各地に発して頂くのです」

「それで正成は」

「私は下赤坂城で敗死を演じます。死んだと思われている間に金剛山に拠点を構えます。築城により準備が万端整いましたならば、大塔宮様とともに再び決起いたしましょう。楠木一党の拠点は既に畿内一円に張り巡らしておりますし、兵糧も武器も分散して保管しています」

「私の令旨に応じて正成が駆け回っている、という印象を与えるのだな。正成の狙いは何だ」

「鎌倉からの大軍を、何度もこちらへ呼び寄せることです。次々に大軍を差し向けるとなれば幕府の負担は甚大なものになり疲弊していきます。そこが狙いです。六波羅をいくら叩いてみても、鎌倉に精兵ありと誰もが思っていれば時勢は動かないのです」

「待つ時ではないのだな、正成」

大塔宮は頷きつつ口元を強く結んだ。

笠置落城から十日が経ち、金沢貞冬率いる幕府軍が下赤坂城に猛攻を仕掛けてきた。

今回の戦い方は大軍との戦い方を検証するのが目的である。

(山城の戦いが、騎兵を核とする大軍相手には有効であった)

一か月の戦いの中で幕府軍への対処方法を会得した正成は下赤坂城の役目はここまでとした。そして退くにあたって、自分らしき死体を用意して火をつけ自害を演じた。敵を欺く悪党らしい戦いを貫く覚悟である。

一方、大塔宮と正成を取り逃がしたことで幕府側は所期の目的を果たすことが出来なかった。


その年の終わりに、後醍醐帝や親王たちの処分が決まった。予想していた通り、後醍醐帝は隠岐《おき》への配流である。尊良《たかよし》・宗良《むねよし》両親王の配流先も決まった。

後醍醐帝は幕府から出家するよう再三勧められたが、拒否し続けたという。

その情報が耳に入るや正成はにやりと微笑んだ。

(帝の容貌に剃髪《ていはつ》は似合われぬ。仏門への出家自体がこれほど相応しくない人物があろうか。あの帝は、帝でおられるしかない)

第三章　足利高氏世に出る

（一）御置文

高氏《たかうじ》は弟直義《ただよし》の言葉を遮《さえぎ》った。

「それでも俺は北条氏の風下に立つのはいやだ」

直義が兄を諭した。

「兄者、私とて思いは同じだ。だが北条政権下の鎌倉幕府の武力は他を圧倒しておる。機を見定めねばなるまい」

足利高氏は、嘉元三年（一三〇五）、鎌倉幕府の有力御家人足利貞氏の次男として生まれた。異母兄の高義が家督を一旦相続したが、二十歳にして早世したため高氏が引継いで相続した。

先祖を遡れば伝説的武将たる八幡太郎義家直系の名門であるが、鎌倉幕府は三代将軍源実朝が暗殺されて以来、源氏政権の〝番頭〟に過ぎなかった北条氏が実権を握り、最初は執権、後には得宗という形で幕府を牛耳っていた。

「兄者は得宗北条高時様の覚えがめでたいではないか。名前とてそうじゃ。兄者が幼名の又太郎から高氏に変えた折も、高時様の〝高〟の一字をもらわれた。普通ならば臣下に一字を与えるときは〝下の字を上につけさせる〟すなわち『時氏』となるべきところ〝上の字を上につけさせる〟という破格の待遇を受けて『高氏』となられた。しかも、奥方は北条一族の名門赤橋久時様のご令嬢登子《とうし》様じゃ」

赤橋家は北条一族の中でも得宗家に次ぐ家格を有する家系であり、鶴岡八幡宮の境内にある朱塗りの橋に因《ちな》んだ苗字である。

しかし高氏は北条一族の娘を娶った有望な臣下の地位に満足してはいなかった。

「源氏宗家の初代将軍源頼朝公により開闢《かいびゃく》された鎌倉幕府ではあったが、第三代将軍実朝公が暗殺されるに至り、家来筋の北条氏に実権を握られてしまった。しかも北条氏はそもそも先祖を辿れば平氏だ。折角平氏の覇権を奪って源氏の武家政権を樹立したのに…。足利一族の本姓も〝源〟であり、先祖は頼朝公と同じく源義家公（八幡太郎義家）の流れなのだ。無論、足利家は名家とはいえ、源氏宗家が将軍であられるうちは何の不満も感じてはいなかった…」

ご先祖様に申し訳ないという思いは誇り高き源氏の血筋たる直義も同じである。

八幡太郎義家の四男義国は下野国《しもつけのくに》足利荘を本領としたので、その次男義康以降の子孫が〝足利〟を名乗った。〝足利〟とは苗字であり本姓はあくまで〝源〟なのである。ゆえに北条政権下でも足利家は別格の待遇を受けてきた。

この点は、後にライバルとなる新田義貞も同じである。新田氏と足利氏は先祖を辿れば実の兄弟である。義家の実子義国の嫡男義重の子孫が義貞であり、次男義康の子孫が高氏という間柄である。

もっとも高氏自身「北条氏から実権を奪還する」といった野心は〝叶わぬ夢〟であると自覚していた。ある人物を知るまでは…。

直義が珍しく高氏を煽《あお》った。

「ところで兄者、足利家には先祖代々伝わる秘密文書があるそうではないか」

高氏の顔色が幾分陰ったのを直義は見落とさなかった。

「八幡太郎義家公の御置文《おんおきふみ》のことだな」

「そうじゃ。そこには『吾七代の孫に吾生まれ替りて天下を取るべし』と書かれていたそうな。それはちょうど我らの祖父である家時公の時代であったが、当時は北条得宗家の全盛時期であり、とても天下など取れそうにない。家時公はご先祖様に申し訳ないと腹を切られ、『我命を縮めて、三代の中にて天下を取らしめ給へ』と八幡大菩薩に祈られたそうじゃ」

「その三代目にあたるのが俺よ」

高氏は憂鬱《ゆううつ》であった。

（北条政権が武力で他を圧倒している姿は今も変わらぬわい）

「そもそも義家公がそんな文書を書かれるわけがないではないか」

高氏は内心そう思っている。いや思いたがっている。

「義家公ご自身は国司であり、武力では秀でておられたものの、天子様（天皇）や公卿衆に仕える役人に過ぎず、『武士が天下を取る』などと考えられる筈がなかろう。誰かが源氏の復活を夢見て流した噂であろう。上杉憲房殿（重能の養父）の父頼重殿（尊氏の母清子の父）あたりの仕業ではないか」

高氏は迷惑そうに顔をしかめた。

「必ずしも不可能とは言い切れないのではないかな。北条得宗家もどことのう旬を過ぎたように見える。それに御置文の存在は義家公が兄者を支えられるということであり、源氏一門を束ねる正統性を確保したことになるとは思わぬか」

そう言う直義の言葉が高氏の胸深くに残った。

(二)　源氏談義

そこへ夕餉《ゆうげ》を済ませた高師直《こうのもろなお》と上杉重能《しげよし》が入り込んできて、夜通しの歴史談議となった。その音頭を取ったのが、武芸では抜群の才を示すが語り口が朴訥な高氏であった。ゆえにその場の雰囲気は滑稽なものとなったが、その分遠慮なく語り合うことが出来た。何より皆まだ三十歳前の若武者なのである。

「源頼朝公の話が出ていたようだが…」

師直が問うた。

高師直。京の高階《たかしな》という公家から分かれ、本家の姓の一字をとって近江国野洲《やす》に土着したのが高《こう》氏の祖先である。その後関東に下った。領地に基づく家名である苗字を持たなかった珍しい家系でもある。

「師直か、重能もここに座れ。今夜は源氏の話を語りつくそうぞ」

皆気持ちが高ぶってきたようである。

「師直と重能の両名に問う。何故に関東武士団の支持を得て頼朝公が征夷大将軍になられたと思うか」

高氏のわざと格式ばった質問に重能が答えた。

上杉重能。高氏や直義とは母（上杉清子）方の従兄弟にあたり、一族の長老上杉兵庫入道憲房《のりふさ》の養嗣子《ようしし》である。足利宗家との血縁の濃さ、家柄の高さにおいて、高師直の家系と拮抗した名門の子弟といえる。

「裏返して申せば、頼朝公の父義朝公が『平治の乱*1』で敗退されたからだともいえましょう。もし勝たれて京に残られたならば、頼朝公は貴族化した御曹司として育たれたでしょうし、そうであれば地方で生活する武家たちの気持ちに寄り添えなかったでありましょう。ちょうど平家の平清盛公が貴族化してしまい地方に暮らす平家方の武家さえ離反してしまったように…」

師直が間に入った。

「もっとあるぞ。頼朝公は清盛公の継母である池禅尼《いけのぜんに》様の嘆願により死罪を免れ、流罪の中では最も重い『伊豆遠流《おんる》』となられた。面白いのは当該地を治めていたのは『平治の乱』では清盛公方についた源氏の源頼政公であり、将来を期して源氏御曹司の頼朝公を『蛭ケ小島《ひるがこじま》』に流された。京育ちの清盛公は『蛭ケ小島』を伊豆大島のような島だと思われ許された。ところがそこは伊豆を流れる狩野川の中州であったのよ」

　直義が問うた。

「頼朝公は以仁王《もちひとおう》の令旨《りょうじ》に応じて蜂起されたが平家軍との『石橋山の戦い』で完膚なきまでに叩かれて上総国に逃れられたのは知っておろう。しかし妻政子様の父北条時政公が桓武平氏高望《たかもち》流の平直方《たいらのなおかた》公の子孫であったこともあり、逃げ延びた房総で東国最大の勢力を誇っていた房総平氏惣領の平広常《ひろつね》公や千葉常胤《つねたね》公を味方につけて反撃に出られることが出来た。では何故平家の武家らが頼朝公の側について清盛公率いる平家軍に逆らったと思うか？」

「……」

「先ほど重能が申したことと重なるが、世に『源平の戦い』と呼ばれるので源氏と平氏の全面戦争だと思われがちだが、実際には清盛公の権勢とともに都で貴族化していった平家と、そうではない武家全般の覇権争いだったのよ」

「……」

「例を挙げれば、平広常公は上総・下総の支配権を認められているだけで、〝土地の所有〟を認められていなかったので、非常に不安定な立場であったのだ。〝土地の所有〟という武家の積年の思いを無視する貴族化した平家を打倒しようという思いが、「その悲願を叶えよう」と約束された頼朝公や時政公の蜂起に共鳴したのだといえよう。頼朝公はそういう武家らを率いて、平清盛軍との戦いを制しながら、遂に鎌倉幕府を創設されたのよ」

皆源氏の勝利に酔ったかのような表情である。

「清盛公系平家を殲滅された後、頼朝公は元暦二年（一一八五）弟君の義経公追討を大義名分に掲げて、朝廷（後白河法皇）に『守護・地頭の全国への設置』を認めさせ（文治の勅許）、国全体の警備権とともにそれまで藤原氏（貴族）に独占されていた土地所有権の任命権を奪い取られたのだ。まさに武家の悲願が成就した瞬間であった。公武双方に精通した参謀の大江広元公の助言が効いたとも言われているが…」

高氏が話題を変えた。

「源氏宗家の頼朝公の権力を支えていたのは御家人制度だといえよう。相模・武蔵を中心に多数の東国武士が頼朝公と主従関係を結び御家人となり、そして西国でも平家追討のために頼朝公が派遣された有力御家人の下に多くの豪族が馳せ参じた」

源氏の誇りが高氏を活舌にさせている。

「頼朝公は、征夷大将軍となられた建久三年（一一九二）以降、各国の武家らに御家人たるか否かの去就を迫り、御家人だと思う者に対しては、その国の守護が上洛を促して大番役の任に充てられた。これにより、御家人を望まなかった者は『非御家人』と呼ばれるようになってゆく。上方で『悪党』と呼ばれている者らがそうだ」

高師直が満を持していたかのような顔をして話し始めた。

「御家人に課された役には鎌倉殿に対する奉仕である〝恒例の役〟と、鎌倉殿を直接の奉仕対象としない〝臨時の役〟がありました。鎌倉幕府にあっては〝臨時の役〟が優先され、その中で最も重んぜられたのが京都大番役だったのです。御家人にとって主人である鎌倉殿を護る役より、都の帝を護る役の方が重いという奇妙な事実を見ても、幕府が国家的な軍事・警備を職務とする権力であることがよく分かるというものです。幕府という存在を目立たせる手段としては、帝の玉体を護り、都の平安を維持するという京都大番役の役目は非常に有効でした。大番役をつとめた実績こそが御家人が御家人身分を保持するための証だったそうです」

「皆の想いを一本の糸に纏めれば、やはり我ら源氏一門が北条平氏から政権を奪還するのが歴史の要請と言えぬこともないな」

高氏の強引な結論が各々の胸を踊らせた。

「それでは、現在の北条得宗家のことに話を移す。初代執権北条時政公から数えると現北条家は第十四代にあたる高時公である…」

「そして兄者の名前高氏の〝高〟は高時公の〝高〟でもある」

直義が念を押した。

(足利三兄弟の長男は亡高義、私は直義になる前は高国であったが…。伏せておこう)

上杉重能が割り込んだ。

「その前に、源家三代が潰えた後に何故に北条氏が政権を握ったのかということから整理しましょうよ。皆な第二代頼家公と第三代実朝公が暗殺されたのは知っているでしょう。そして源本家は実朝公で途絶えてしまう。……実は頼朝公も暗殺されたということですよ」

「誠か。戯《たわ》けたことを申すな、重能…！」

高氏が怒鳴った。幾分かの本気が混じっている。

「戯言《たわごと》ではありません。幕府創設者の頼朝公の死が一切記録に残っていないのは不思議だとは思いませんか。よく聞いてくださいね。殺害者は北条家の祖ともいえる北条時政公です。頼朝様夫人政子様の父親でもあります」

皆な半信半疑で聞いている。

「順を追って説明します。源家の宗家が途絶えたのには頼朝公自体にも原因があります。叔父源義広公、行家公、従兄弟の義仲公や、弟の義経公らの本来ならば源氏政権を補佐すべき立場の一族郎党を、政権の盤石化のために排斥されてしまわれた」

重能は鼻高々に続けた。

「頼朝公は奥州平定途中に征夷大将軍になられて鎌倉幕府を整備されました。平和な世になれば、権威付けのためにも朝廷対策が必要になり、平清盛公の二の舞を踏まれていきます。まず長女の大姫様を後鳥羽帝の妃として入内させようとなされますが、大姫様は建久八年（一一九七）二十歳の若さで亡くなられ、次に三女三幡姫様入内を目論まれますが三幡姫様も十四歳で亡くなられます」

哀れに感じた重能は間を置いた。

「関東の豪族にとっては、京育ちの源氏の棟梁たる頼朝公が田舎豪族・北条時政公の娘政子様を正妻に迎えられた頃は正に関東武士団代表に相応しい存在でした。しかしながら、頼朝公の朝廷対策は裏切り行為以外の何物でもありません。自らが貴族化していった清盛公と同じ道を辿ろうとされる頼朝公に対して、暗殺も一つの手段として俎板に乗ったとしてもおかしくはないでしょう。関東武士団から見れば、鎌倉幕府は〝武家の権利〟を護るために朝廷から独立したものでなければならなかったのです」

皆が次の言葉を待っていると感じた重能は、幾分かの抑揚を加えた。

「自分の野望のために暴力的な手段で、夫頼朝公のみならず、長男頼家公の命を奪った時政公と政子様・義時公（政子の弟）の関係は険悪なものとなっていきます。時政公が次男実朝公に手を出そうとした事件（牧氏事件）では、政子・義時連合は実朝公を救出し、時政公を出家処分となされました。悲劇は続きます。実朝公も朝廷に接近し過ぎられると東国武士団の意向を受けた義時公は、頼家公の嫡男公暁殿を使って実朝公を暗殺なされた。こうして源家嫡流は途絶えてしまったのです」

演出も交え始めた。

「そこが狙い目と承久三年（一二二一）五月、後鳥羽院は義時公追討の院宣を発布されて武家政権打倒を試みられましたが（承久の乱）、武士団の多くは幕府側についてしまい、哀れ完膚なきまでに打ち負かされて隠岐遠流となられました。尼将軍となっておられた政子様の幕府武士団を奮起させられた演説は有名ですね。『みな、心を一つにして聞きなさい。これは私の最後のことばです。……頼朝殿の恩は山よりも高く海よりも深い。しかし、今その恩を忘れ、帝や院を誑《たぶら》かすものがあらわれ、朝廷より理不尽にも幕府討伐命令が出されました。名こそ惜しむ者は、朝廷側についた藤原秀康・三浦胤義《たねよし》らを早々に討ち取り、三代にわたる源氏将軍の恩に報いてください。さあ、もし、この中に朝廷側につこうという者がいるのなら、まず私を殺して鎌倉中を焼き尽くしてから京都に行きなさい』との政子様の演説に御家人たちは感動し、涙を流し、発奮して幕府への忠誠を誓ったといいます」

師直の弟師泰がいつの間にか話に加わっていた。

「それ以降、北条政権下の幕府は『義時・泰時時代』といわれる安定期に入りました。第八代執権時宗公の代には元軍の侵攻がありましたが、幕府一丸となって敵を粉砕されました。北畠親房殿があれは『神風』によるものだとして、武家の力を認めようとされないようですが、確かにあれは幕府軍の奮戦によるものです。しかしそのことが幕府の力を弱めていったのは紛れもない事実でしょう」

一同は武家の存在を認めようとしない親房のことを一様に〝憎い〟と感じた。

「われわれが、その北条政権に取って代わろうと企んでいるのも紛れもない事実だ」

高氏が愛嬌を交えて話を締めた。

平治の乱*1（一一五九）…源平合戦。保元の乱（一一五六）

の勝者である源義朝と平清盛が争い、平家（清盛）が源氏（義朝）を倒した。

（三）綸旨

そこに後醍醐帝からの綸旨《りんじ》が舞い込んだ。

元弘三年（一三三三）三月、名和長高の手引きで隠岐島を脱出して伯耆国《ほうきのこく》船上山で倒幕の狼煙を上げた後醍醐帝が各方面へ綸旨を発したのである。

北条得宗家は『家時殿の置文』のことなど全く関知していなかったが、その動き次第で天下の帰趨を決めかねない武力を有する足利氏に対する監視の目を決して緩めてはいなかった。そんな中を北条氏に察知されることなく高氏のもとに綸旨が届いたのである。

高氏は「後醍醐帝からの綸旨」が「八幡太郎義家公からの御置文」に思えた。（今がその時ではないか。北条平氏に代わって足利源氏が世を治めるのは……）

まず直義に相談した。直義は「任せる」と言った。「立ち上がれ」という含みを強く残した言い回しであった。師直も重能も同様であった。

高氏は唇を噛み黙って足下を見た。悩み事があるときの高氏の癖である。

「兄者、登子《とうし》様と千寿王《せんじゅおう》殿のことが気掛かりなのか」

「……」

「それは私に任せてくれ。お二人には鎌倉脱出後、領国の足利荘に落ち延びて頂く。手筈は至急整える」

（直義が妻子の面倒を見てくれるならば俺が自分でやる以上に心強い）

高氏は意を決した。

いったん事を決めれば高氏は行動の人である。

「皆聞いてくれ。後醍醐帝が伯耆国船上山で蜂起され、畿内の悪党らが六波羅を攻撃し始めたという。さすれば程なく北条高時様から二度目の出陣命令が下されよう。皆も望んでいるように源氏再興のため後醍醐帝からの綸旨に応じる意向を固めたところだ。さすれば宿将らにわが意をいつどこで披露するのがよかろうか」

師直が真っ先に応じた。

「三州（三河）の矢作《やはぎ》でいかがでしょう。全軍に触れるのは丹波国篠村に入ってからでも遅くはないと思いますが…」

「篠村については私も同意見だ。なぜならば、篠村庄は頼朝公周辺で伝領された所領であり、そこで反幕の挙兵を宣言することは、兄者を頼朝公の後継者と擬する演出にもなろう。兵法三十六計に言う『借屍還魂《しゃくしかんこん》』の援用である。源氏の復権であり、頼朝公も喜んで名声をお貸し頂けよう」

直義は師直の意見の半分を権威付けたうえで残りの半分を退けた。

「ただ矢作で宿将らに知らせるのは早すぎるのではないか。北条氏への通報者が出ると考えねばならぬ。矢作から鎌倉まで馬を飛ばせば二日余りで幕府の知るところとなろう。それでは登子様や千寿王殿を鎌倉から脱出させられぬ…。夫人や子供の足では心もとない」

「どこがいいと言われるのだ」

師直は不満げに顔を赤らめた。

「近江国《おうみのくに》の〝草津宿〟あたりが最適地だと思うが…」

高氏が間に入った。

「わかった。宿将への披露は〝草津宿〟あたり、全軍への発表は丹波篠村の〝篠村八幡宮〟とする」

高氏の結論に師直もしぶしぶ頷いた。

「丹波に入るのは、秋頃になろう。『足利家所領の地へ兵糧の徴発に出向く』といえば六波羅探題も疑いはすまい」

予想通り北条高時より高氏に上方出陣の命が下った。

征討軍の指揮官は北条一門の名越高家であり、一糸乱れぬ行軍で近江国鏡宿《かがみのしゅく》（滋賀県蒲生郡竜王町）に到着したのは四月半ばの風薫る季節であった。想定していた草津宿の手前の宿である。明日からは、名越軍と別れて京に入る手筈である。

宿将らには行軍のさなかに直義が密かに連絡を入れていた。

細川、吉良《きら》、畠山、今川、桃井《もものい》、斯波《しば》、石塔《いしどう》、一色《いっしき》、仁木《にっき》らが定刻に陣屋奥の高氏の部屋に集まった。

「諸将に申し上げたき儀がある。足利軍はこれより後醍醐帝にお味方いたし、鎌倉幕府討伐軍に加わる。各々方も待ち望んでおられたかと思うが、我ら源氏が政権奪還への名乗りをあげる。困窮する武家の要望に応えきれなくなった幕府を倒し、帝と協調して武家の窮乏を救うつもりである。わが意に賛同される方々はともに行軍さるべし。尚、全軍に周知するのは丹波国篠村神社においてである。それまでは他言無用に願いたい」

「うぉ…！」

歓喜の叫びは名越軍に悟られぬように押さえた。それは全員が同意した証でもあった。

「新田殿にもお話なされたのですか？」

直義が応じた。

「新田殿は、京都大番役の職にあられたが、後醍醐帝の綸旨に応じて、職を辞して上野国へ戻られたということじゃ。関東の源氏一門を糾合し、鎌倉攻めに備えられるつもりであろう。実弟脇屋義助殿の使いの者がさよう申しておった」

「準備は整ったな」

尊氏は師直を使者として〝綸旨受諾〟の決意を船上山の帝のもとへ届けた。

将来を見定めた高氏の晴れやかな顔が夕日に映えた。

足利高氏（後の尊氏）が満を持して歴史の表舞台に登場したのである。

第四章　鎌倉幕府滅亡

（一）　吉野金峯山寺

「明日、私は出立する」

大塔宮は意を決したのか、清々しい表情である。

「一日でも早く拠点を構えたい。私と正成は別々に動こう。そしてまた合流しようぞ」

正成に異論はなかった。

（両面作戦で動いた方がいいと自分も思う。そのほうが「大塔宮様の令旨に応じて正成が戦っている」、という印象を世間に与えることが出来よう…）

令旨は四条隆貞が大塔宮の意を汲んで代筆している。正成は隆貞が書いた令旨を見て思わず息を呑んだ。

（流石に公卿は文《ふみ》を書くのが上手《うま》い。文字も麗《うるわ》しい）

そこに悪党の智恵を加えた。

「四条殿、宛先ごとに内容を変えれば一層効果が上がると思われます。〝倒幕のために決起せよ〟という文言以外は、斥候の情報を基にして少しずつ変えましょう。『大塔宮様がなぜか自分のことを知っておられる』、と思わせることが出来ればただの令旨より重みが増すに違いありません」

隆貞が筆を置き、心配顔で正成に問うた。

「大塔宮様は、いずこに向かわれましたか」

「南に向かわれています。熊野三山、高野山ないしは吉野方面です。いずれかが迎い入れてくれたらいいのですが…。ともかく大塔宮様が畿内を縦走されているだけでも意味があるのです、四条殿」

（京の街は雪模様だ。大塔宮様の拠点探しの旅は難渋の連続であられるに違いない）

隆貞は令旨を書き終えるとすぐに大塔宮のあとを追った。

金王盛俊《かなおうもりとし》と服部元就《はっとりもとなり》は伊賀の悪党である。一応御家人というかたちをとっているが、伊賀には本当の意味での御家人などいない。

元就が問うた。

「正成殿の構想の中で、われ等は如何に動けばよいのかな。方向性をお聞かせいただいておけば機を逃がすこともありますまい」

「まず楠木一党が各地で一斉に反乱を起こします。噂も流します。さすれば必ずや各地に波及していきましょう」

「いつのことかな」

「先頃後醍醐帝の隠岐配流が決まったようです。帝が護送される折にしようと思います」

「それではわれ等もそれにあわせて呼応しましょう」

「いや、楠木一党が暴れている間は、伊賀で静かにしていてください」

一呼吸置いた。

「その後三月に、楠木一党は、密《ひそか》に金剛山に集まることになっています。その時に合わせて、可能な限り兵を動員して大いに暴れて頂きたい」

「城を築くのか、正成殿」

黙って聞いていた盛俊が口を開いた。

「そうなのです、盛俊殿。千早城築城を六波羅の目から逸《そ》らせたいのです」

「面白くなりそうじゃ。再び幕府の精鋭部隊が鎌倉から参戦してこようが、一月《ひとつき》抵抗できたら、時勢が変わるかもしれませぬな」

「さらに百日籠城出来たら、『朝廷軍が幕府軍を倒せるかもしれない』という機運が出てくると思われます。当方には錦旗があります。帝が幕府に捕えられても、大塔宮様がおられる限り錦旗の色が褪《あ》せることはありません」

「われらも伊賀にて耐えて戦ってきた甲斐があったというものだ。正成殿の力を得て、伊賀での戦いが畿内に、そして全国に拡がれば本望です」

正成も感謝した。

「私もそうです。伊賀黒田の悪党金王盛俊殿がいてくださるおかげで、私は河内で商いが出来たし、これからも畿内で暴れ回ることが出来ます」

「御家人が割れるかもしれませぬな。平氏の北条に兵力で対抗し得るのは、源氏の足利・新田あたりでありましょうか」

「御家人同士の戦いになる前に、朝廷軍としての悪党対御家人の戦いで勝利を収めねば意味がありません」

「悪党の活路は、単独で幕府を倒さねば開けませぬか、正成殿。やはり長期戦になりますな」

「急ぐ必要はありません。五年、十年かけてやればいいのです」

「正成殿、土地からあがる税だけで朝廷軍を賄えると思いますか」

「朝廷軍を賄うのは銭です。それで私は物流を取り仕切りたい。陸運、海運を使い、商いが農業に匹敵する国にしていきたいのです」

正成は己に言い聞かせるように念を押した。

「朝廷軍があれば御家人の力は必要ない、と誰もが思うようにならねばならぬのです」

「正成殿の夢はでかい。私などは自分が生き延びるための方策ばかりを考えていたに過ぎません。我ながら貴殿の足元にも及びませぬ」

「悪党の活路はどこにあるのかと探し求めていたら視界が開けてきたのです。しかし、これからの戦いは想像を絶する凄惨なものとなりましょう。生死の行方さえわかりませぬ。だからこうして思いの丈をぶつけているのです」

「わかりました。もっとも私は正成殿が斃《たお》れるとは思ってもいませんが…」

山笑う五月になった。草木が芽吹き春山は躍動感に溢れている。日野資朝《すけとも》と日野俊基《としもと》が処刑されたという知らせが届いた。更に、北畠具行《ともゆき》も鎌倉への護送中に、近江柏原で斬られたとのことである。

大塔宮の拠点探しの流離《さすらい》が赤松則祐ほか十人ばかりを従えて続いている。朝から歩きっ放しであり、はや五里の道程はこなしたであろう。則祐が大塔宮を気遣って声をかけた。

「宮様、一休みいたしましょう。これからどちらへ向かわれますか」

「更に南へ向かう。高野山か熊野三山あるいは吉野あたりが受け入れてくれるであろう。先に使いに出しておいた隆貞がそろそろ戻ってくる頃だ。拠る場所をはっきりさせ、倒幕の旗を早く掲げねばならぬ。正成との約束だからな」

四条隆貞とは伊賀の峰を越えたあたりで鉢合わせした。

「どうした隆貞、うかぬ顔をして…」

「宮様、申し訳ございませぬ。高野山と熊野三山から当方には加担致しかねるとの回答がありました。高野山は中立を保ち、熊野三山は六波羅方に付くと衆議で決まったとのことにございます」

隆貞は一旦声を詰まらせた。

雲間から一筋の光が差した。

「その中で一点光明らしきものが差しました。吉野山です。金峯山寺《きんぷせんじ》でございます」

「隆貞、そう慌てずともよい。水でも飲め。楽に話せばよい」

「はっ！」

隆貞は自らの記録を整理した。

「吉野金峯山寺には内訌《ないこう》があります。金峯山寺の執行《しぎょう》は、新熊野院および吉水院《きっすいいん》の二つの支寺から交替で出ますが、現執行の岩菊丸殿は新熊野院の出であり、今は六波羅の配下として京で警備につかれています。この岩菊丸殿と吉水院院主の真遍《しんぺん》殿の仲が頗《すこぶ》る悪いのです。岩菊丸殿が京を動けぬ今、真遍殿を説得できれば、吉野金峯山寺は我が方につくかもしれませぬ」

大塔宮は力強く頷いた。

「吉野ならば高野山や熊野三山よりずっと金剛山に近く正成とも連携が取り易か

ろう。いい情報を掴んだな隆貞、でかしたぞ」

山端に沈む夕日が赤く染まっている。

（ここからは私が動かねばなるまい）

「隆貞、選りすぐりの二十名の兵を集めよ。秘密裡に金峯山寺へ向かう」

「宮様、それでは危険極まりなくございます。手勢の兵を二百ほど伴われるべきかと…」

「それでは、吉野方が警戒しよう。まして六波羅方に心を寄せる者がいたらおしまいだ」

大塔宮は即座に金峯山寺に向かった。山門に至ったところで、隆貞を使者に立てた。

半刻程して隆貞が戻ってきた。

「真遍様がお会い頂けるとのことにございます」

山門から山道を登っていると、真遍自らが迎えに下りてきた。

「大塔宮護良である」

「これは尊雲法親王《そんうんほっしんのう》殿下、よくぞかかる僻地までお越しいただきました」

「還俗したので、もはや天台座主《てんだいざす》ではない。真遍、出家の度牒《どちょう》を、金峯山寺に納めさせてはくれぬか」

「還俗されて、大塔宮護良親王に戻られまするか」

「そのために、ここを訪れたのだ」

還俗に特別な手続きはない。本人が表明すればいいだけのことである。

「金峯山寺に度牒を納め、還俗を表明したかった。それが出来てまことに嬉しく思うぞ」

（これで前天台座主の肩書が名実ともに外れ、金峯山修験本宗である衆徒の反発をよぶことはなくなったであろう）

真遍は衆徒を山頂の本堂に集めた。

大塔宮も本堂に入った。本堂から眺めても、吉野山は笠置山に劣らぬ要害の地である。

（ここに拠れば、幕府の大軍相手に持久戦に持ち込むことが出来よう）

衆徒を前に弁じた。

「大塔宮護良である。いまこの寺に度牒を納め還俗した。俗人として成さねばならぬことを成すためである。皆も知っておろうが、尊き帝が幕府の手で隠岐島への遠流という憂き目に遭われた。斯かる理不尽を断じて許してはならぬ」

　更に大塔宮は強気に出た。

「執行の岩菊丸自らが六波羅の走狗となって錦旗を踏みにじっておるそうだが、私は当山に敬意を払っているがゆえに口惜しい限りだ」

　真遍が片膝をついた。

「執行が六波羅の配下に入ったことは、われらも憂慮するところであります。しかし…」

　なにやら言い難そうである。

「正直、大塔宮様が不意に御成りゆえ、われ等も未だ考えが纏まっておりませぬ。しばしのご猶予を賜りたく存じます」

「相分かった。隆貞を残していくゆえ、五日以内に返答願いたい」

　大塔宮はわかっていた。

（大社寺の中は人の欲望に支配されておろう。ここ金峯山寺も比叡山延暦寺と同じはずだ。だから私は天台座主になってからは、各派閥からの干渉を避けるため

に武芸に専念していたのだ）

五日も経たぬうちに、隆貞が満面に笑みを浮かべて駆け戻ってきた。

「金峯山寺は、大塔宮様を受け入れるそうでございます」

「それは嬉しい限りだ。早速に兵糧を運び込め。衆徒には、兵糧の不安を与えてはならぬ。また、正成が寄進した兵糧には手をつけるな」

翌朝、大塔宮は二百の兵を率いて金峯山寺に入った。

ただちに愛染宝塔《あいぜんほうとう》を吉野城の本陣として全山の要塞化に着手した。そして倒幕の令旨を全国に飛ばした。

（ついに正成との約束通り倒幕に向けて錦旗を掲げることが出来た。父なる帝も喜んでくれるであろう）

吉野の冬木立《ふゆこだち》に霜華《そうか》が咲いている。大塔宮が吸う息は冷たく、吐く息は白くなった。

赤松則祐が襖の外から言上した。

「楠木正成様がお見えです」

「流石に情報を素早く摑みおるな。通せ！」

「ついに拠って立つ場を見出されましたな、大塔宮様」

「正成、待たせたな」

「ちょうど良い頃合いに吉野に入られました。私も、まもなく金剛山での築城を終えるところでございます」

大塔宮は嬉しさで満面に笑みを浮かべている。

「吉野山と金剛山に立った我らの動きを見れば幕府も再度大軍を動員せねばなるまい。正成の読み通りに展開していくことだろうな」

「大塔宮様の旗幟《きし》を得てわれ等も思う存分暴れ回ることが出来ます」

「叡山にいる頃は、決起のことばかりを考えていた。私が動けば事はなろうと甘い夢を見ていた。こうして決起してみると、本当の戦いはこれからなのだということがはっきりとわかる。長く厳しい戦いになりそうだな、正成」

「御意にございます。長い戦いとなりましょうが、長引けば長引くほど我らが有利となります。短期間で勝敗が決するとすれば、それは負ける時です」

正成は冷静に断じた。

（二）大戦略家

金剛山の北端は絶壁である。西方遠くに摂津の海が広がる。

「いい眺めだ」

〝忙中閑《ぼうちゅうかん》あり〟、正成はいかに多忙でも心に余裕の場を設けている。多方面への目配りを可能とする術《すべ》と言える。

（大塔宮様が吉野に拠点を構えられて令旨を発せられており、六波羅の目がそちらに釘づけにされている間に千早城を急ぎ完成させねばならぬ。築城中に六波羅勢に攻められれば一溜りもない）

正成はじめ楠木主従は懸命に働いた。なにせ、金剛山北西側一帯を城塞にしてしまうという途方もない工事なのである。正成自身も、石を運び、材木を担いだ。

半月で何とか外への防備は整った。

いよいよ再蜂起である。

「下赤坂城は、六波羅方につく紀州の湯浅党が守っておる。まずそこを奪い返す」

「いよいよ戦ですね、兄上」

戦と聞くと血が騒ぐ正季である。

「そして、奪った下赤坂城を拠点とするのですな」

正成が頭《かぶり》を振った。

「いや違う。千早城を詰めとして更に城を築く。上赤坂城と呼ぼう。上赤坂城を前衛、千早城を後詰めとするのだ」

「されど、上赤坂城の築城予定地は水に難点があります。水は外から引かねばならぬゆえ、包囲軍に押さえられたらどうしようもありません」

「上赤坂城は落ちても仕方がないと思うておる。上赤坂城で粘るだけ粘り、次に千早城でも粘れば半年ほどは戦えよう。なあに、百日ほどもすれば必ずや時流は変わる」

引続き主従は活発に動いた。正成は、彼らに十分な食事や睡眠をとらせた。

湯浅党が兵糧米を近隣の農家から徴収して城内に運び込んでいるとの情報が斥候から齎《もたら》された。

(河内の米は一粒なりとも六波羅方には渡さぬ)

覚悟を決めた正成は下赤坂城の湯浅定仏《じょうぶつ》攻略に着手した。

「正季、斥候の報告によると敵は二班に分けて兵糧米を城内に運び込んでいるという。お前は半刻遅れて出発する第二班を攻撃して成り代われ。そして第一班に続いて城内に入り、俵に隠しておいた武具で攻撃するのだ」

味方と信じて入城させた正季隊に突如攻撃され、湯浅軍は狼狽した。

「正季、正門を開けろ。そして一旦休戦だ」

正成は、正門から城内に入り、奥に向けて叫んだ。

「楠木正成でござる。湯浅殿、無用な戦で兵を死なせるのは止めにされよ」

六波羅に命じられるままに城を守っていた定仏である。配下の兵を含めて士気は低い。

「この楠木正成は、河内で生れ育った。その河内の米を六波羅には渡したくないのだ。湯浅殿、悪いことは言わぬ。被害を増やされることはない。このまま紀州に戻られよ」

「わかり申した。楠木殿、身共《みども》とて好きで下赤坂城の守備についているわけではござらぬ。六波羅に何度応援を要請しても援兵は一度たりとも来ぬ。なんのために下赤坂城に留まっているのかさえ分からなくなっていたところなのです」

「幕府のために働けば、御家人として恩賞がもらえる。そんな時代は終わったのです。幕府にはもはや御家人に与える土地などない。使い捨てにされるだけでござるぞ、湯浅殿」

「楠木殿に一点お伺いしたい」

「…」

「何のために戦っておられるのですか」

「楠木正成は河内の悪党です。悪党は己がために戦っているのです」

「己がため？　しかし、錦旗を掲げられているではありませんか」

「悪党は農業中心の幕府の支配の中では生きられません。帝を頂点に据えた万民が平等である平和な世が築かれれば、悪党も生きやすくなると信じて戦っています」

「幕府がいくら排除しようとしても悪党は生き延びている。いや寧ろ、その勢力は拡大しつつある。身共も何となくその理由がわかったような気がします」

そう言い残して湯浅定仏は紀州に去った。

正成は湯浅党が去った下赤坂城は破却して、上赤坂城の造営を急いだ。

「帝より賜りし菊水の旗を掲げよ！」

元弘三年（一三三三）二月、金剛山頂で〝菊水の紋〟が摂津灘から吹き上げる風に揺れた。

笠置山で後醍醐帝が敗れ、下赤坂城で正成が敗退してから約一年五か月、正成と大塔宮は呼応して兵を挙げた。下赤坂城籠城戦で焼死したと噂されていた正成が、再び河内に戻ってきたのである。悪党の戦いでは、己の死さえも戦術とするのだ。

正成を敗死させたと思い込み、後醍醐帝を隠岐配流としたことで生じた幕府の油断の間隙を縫って再び歴史の表舞台に登場したのである。

翌月には河内野田の地頭を追い、池尻を攻略し、河内守護代を攻め立てて丹後入道を追放し、和泉守護を破った。わずか二日で河内、和泉の地頭ら御家人を一掃したのである。続いて正成は四天王寺方面に進撃した。六波羅は七千余騎を差し向け戦闘状態となった。

まず楠木勢三百が射かけたが、六波羅勢に押されるままに天王寺中心部に向けて逃げ出した。六波羅勢が追い討ちをかけてきたその時である。正成率いる二千騎余が鶴翼の陣で迎え撃ったのである。正面（南）から矢を射かけ、その間に素早く北東および北西に回った二隊が六波羅勢を包囲しようとした。六波羅勢は退路を塞がれまいと一目散に北へ潰走した。楠木隊は北東および北西から斬り込み、挟み撃ちにあった六波羅勢は壊滅状態に陥った（楠木合戦*1）。

ひとつの勝利に酔っている場合ではない。正成は翌々日には河内に戻った。決戦は上赤坂城と千早城で行うのである。

畿内の悪党が更に勢いづいた。

（吉野に大塔宮様が拠られ、河内金剛山に正成が拠った。六波羅には相当の衝撃を与えたようだ）

吉野の兵が三千を超えたとの知らせが入った。連日のように、倒幕戦に加わりたい者が集まってくるとのことである。

「千早城は楠木一党で固める。新しく加わった者は、上赤坂城に入れよ。まず、城普請から手伝わせ、その力量を測るのだ。食糧にありつくためだけに加わった者は、城から追い出せ。調練も怠るな」

（今のところ、首尾は上々である。六波羅から鎌倉に急使が発せられたという。幕府が腰を上げるのは年が明けてからになろう）

大塔宮の髪がだいぶ伸びている。

「ついにすべてが整ったな、正成」

「はっ！人も集まって来ました」

正成には一抹の不安がある。

「しかしまだ、赤松円心殿に動く気配が見られません。伯耆の名和長高殿も同様です。上赤坂城に集まってくるのは、単独では決起できない者たちばかりです。吉野城も概ね同じ状況ではございませんか」

「正成、正直私は怖い。あの坂東武者が十万、二十万と押し寄せてくるのだ。坂東武者との戦いになると思うと、恐怖で身が竦《すく》む」

「私だって怖いのです。大塔宮様、心の中の臆病を恥じることはございません。心の中がどうであれ、実際に果敢に戦えばいいだけなのです」

「そうだな」

「大塔宮様、戦略的にみれば幕府軍の兵力は多いほど効果があります。攻城軍にとって十倍の兵力差ならば通常の勝ち、すなわち『大塔宮・正成軍を打ち破ったが、大将ふたりは討ち漏らした』でも世間は勝ちと認めるでしょう。得宗からも褒められる」

大塔宮を理論的に勇気づける必要がある。

「それが百倍の兵力差ならばどうでしょうか。攻城軍は圧勝しただけでは済みますまい。

すなわち『圧勝したれども大塔宮様や正成は取り逃がした』となれば、世間は寧ろ幕府軍の不様《ぶざま》さを笑うでしょう」

大塔宮の表情が晴れた。

「鎌倉幕府は軍事政権だ。軍事力の精強さで権力を維持しているのに、その軍事力が『見掛け倒し』と見做されれば、幕府の権威は地に落ちるだろうな」

「はっ。さすれば『幕府を倒すことなど夢物語だ』との風潮が薄れ、倒幕運動が一気に燃え上がるものと思われます」

「正成、それを二人で実証して見せようぞ」

正成の天才的武略に、勇気百倍の大塔宮である。


楠木合戦*1……古文書にいう「楠木合戦」である。幕府軍を翻弄《ほんろう》する正成への驚嘆や畏怖がそう呼ばせたのであるが、合戦場所ではなく大将の名前を冠した合戦名は他に類を見ない。それほど個人の戦略・戦術が優れていた証といえよう。

（三）百倍の敵

鎌倉から派遣された軍勢は、やはり精強であった。

幕府軍の力を測るために、手始めに正季を司令官として山崎方面から京を窺わせたが、幕府軍最強とも言われる先発隊宇都宮公綱《きんつな》の軍勢に蹴散らされてしまった。

寺田祐清が嘆息して言った。

「殿、彼我には大人と子供ほどの力の差がありますか…」

「そうだろうよ。奴らは生まれた時から野戦の訓練をしていたのも同然なのだ。必要になって初めて武器を取り始めた我らと戦歴が天と地ほども違おう。まして大将の宇都宮公綱は名に聞こえた闘将。負けは当初から覚悟していた」

正成は常に次の戦略・戦術を胸に秘めている。

「おそらく、野戦となれば百戦百敗だろう。しかし我らには六波羅相手に互角に戦ってきた戦歴がある。悪党の戦いを一層徹底するのだ。やつらは野戦には強いが、山や川を使った奇襲戦には慣れておらぬはずだ。坂東武者が悪党の戦い方にどこまで対応できるか、次の攻防戦で見定めようぞ」

正成は、大軍との戦いを欲して、仕向け、実現し、そして経験にしようという壮大な実験を目論んでいるのである。

（千早城および前衛に位置する上赤坂城の防備は可能な限り強固にした。その防護能力を最大限発揮させせなければならぬ。『大軍で押し寄せたにも拘わらず、わずかな兵力で城に籠る楠木軍を崩せなかった』、という実績を残せば、幕府の権威が揺らぎ、全国の悪党が幕府との戦闘に結集しよう。少なくとも何らかの新しい動きが出てくるはずだ）

年が明けて、幕府が大軍を発したという情報が届いた。

歩調を合わせて六波羅が畿内の御家人を動員し始めた。

正成は騎馬隊を更に増やして、隙を捉えては河内を縦横無尽に駆け回っている。

(これはただの反乱ではないのだ。吉野では大塔宮様が倒幕の旗を掲げておられる。畿内では蜂起する悪党の数が日毎に増えている。大義は我にこそあるのだ!)

正成は自信を力に昇華させていった。


宇都宮公綱の軍勢は、北近江守備のため動けずにいる。鎌倉からの大軍の移動には近江の安定が何より重要なのである。

「正季、宇都宮軍が北近江に立ち往生している間に六波羅の勢力を叩くぞ。そなたは難波・天王寺方面を攻めよ」

正季の動きは相変わらず速い。翌々日には、天王寺砦に拠る六波羅軍と対峙した。

調練を兼ねて、夜戦を試した。

まず近隣の百姓や野伏せりなどに数千の松明《たいまつ》を掲げさせて行進させた。砦に近づいては喊声を上げさせ、そして退かせた。同じ動作を夜通し繰り返させた。

（砦中の敵兵は眠れずに疲弊しよう）

夜が明けると正季は果敢に砦を攻めたてた。同じ動作を五日続けた結果、六日目についに砦は陥落した。

「六波羅勢を打ち破ったぞ。これより千早に帰る」

「せっかく摂津の中央まで進んだのに」

とは全く考えなかった。

敵は六波羅ではなくて幕府が派遣してくる大軍なのである。

（小さな勝利に拘《こだわ》るべきではない）


大塔宮は摂津での楠木軍の勝利に興奮気味である。なにせ六波羅軍に勝利したことで吉野に集まる兵が目に見えて増えてきているのだ。

隆貞を使いとして正成のもとに寄越した。

「大軍が到来する前に、一気に六波羅を叩き潰しておくべきではないか、と大塔宮様が仰せです」

「隆貞殿、それは無理です。六波羅は局地戦で敗れることはあっても総合力では強い。また鎌倉よりの大軍を前にして意味のあることでもない。大塔宮様とは、万一吉野が陥落した時の兵の再編方法について話し合いました。今はその調練をなさるべきだと思います。急増中の兵については、仰せのとおりわが軍が勝ったからでありましょう。逆に負ければ彼らは去ります。あまり信用なさらないように、とお伝えください」

（大塔宮様は育ちがいいゆえに甘さが残る。暴走されては困る）

暴走さえしなければ、大塔宮はいま正成が掲げる旗幟《きし》としては最高のものなのだ。

（気持ちを逸《はや》らせてはならぬ）

大塔宮は自らに言い聞かせた。

（楠木軍は摂津まで進行して鮮やかな勝利を収めた。しかも相手は六波羅直轄軍である。自分もとついつい気負ってしまう。正成が新たに加わった兵を信用する

ちが昂ぶる）

なというのはわからぬでもない。しかし大勢集まりくる兵を見ると、やはり気持

傍らに着座していた赤松則祐が、冷静さを装って言上した。

「鎌倉から大軍が発せられました。十万を優に超える人数であり、途中加わった軍勢を含めると十五万に達するとのことです」

大塔宮は正成の言葉を胸に刻んでいた。

「則祐よ、正成が言っておったぞ。『敵の兵力は多いほどいい。十倍の兵力差ではなく百倍の差ならば幕府軍は圧勝した上に、私や正成を討ち取らなければ世間は寧ろ幕府軍の不様《ぶざま》さを笑い〝幕府を倒すことが夢物語ではなくなる〟だろう』となし

「この逼迫した局面でそのような展開を想定なさる正成様とは凄い方でございますね。斯かる方を〝天才〟と呼ぶのでしょうね」

則祐にも勇気が伝わった。

「吉野が幕府の大軍に囲まれるのも時間の問題です。坂東武者とは野戦での戦いは回避し、籠城して敵の疲れを待つ。この正成殿の動き方に倣いましょう」

「私もわかってはいる。本当に苦しい戦いはこれからだとすれば、緒戦の一瞬の勝利をついつい夢見てしまうのだ」

（いま比叡山が動けば、京の攻略も不可能ではないだろう）

隆貞を叡山への使者に立てたが、返事は捗々《はかばか》しくなかった。

叡山は勝ちそうな方につく。それは天台座主をつとめていた頃から、大塔宮は肌で感じていた。卑劣であるというのではない。生きる智慧が、叡山をそんな風にしたのだ。隆貞が粘り強く説得を続けてはいるが、やはり幕府直轄軍の脅威の前には踏み出せないのだ。

「則祐、敵兵はいかほどか？更に増えていようのう…」

「はっ！ざっと二十万に達しつつあるとのことにございます」

「当方の優に百倍を超えているのか」

「しかも幕府はその気になれば西国から更に三十万の兵を増派することも可能かと思われます」

「二十万にしても及びもつかない数だが、それが五十万か…。正成の思惑通りではあるが、やはり怖いな」

叡山から戻った隆貞が間に入った。

「帝はこの国の統治機構の頂点に立っておられます。何故に寺社や御家人どもは〝帝より東国の統治を任されているに過ぎない幕府〟ばかりを見ているのでしょうか…」

大塔宮は大きく息を吐いた。

「統治形態からいえば隆貞の申す通りだ。しかし、この国の歴史の中で帝が真の頂点に立たれた時期がいかほどあったのか」

木漏れ日が差し、大塔宮の曇った表情を映した。

「武家が力を持ち過ぎたのだ。もともと、朝廷を守護する手段に過ぎなかったはずの宮方武将が独自の力を持ちこの国を支配するに至ってしまった。朝廷が〝穢れ思想〟の影響で殺生を忌み嫌い、武力を自ら保有しなかったことが招いた結果とも言えるが…」

「……」

「武家の力を利用しようとすれば、逆に帝の権威を利用される。いくら時間《とき》がかかろうと、朝廷が自らの軍を持たねばならぬ。帝には再三申し上げてきたのだが……」

吉野の山に冬を惜しむように淡雪が舞っている。

「隆貞、私は今曙光《しょこう》を見出そうとしている。ここ吉野や正成のいる千早・赤坂城に参集しているのは、御家人から外《はず》れた者たちだ。彼らが幕府と対等に渡り合える勢力に育ち、そして朝廷軍に成り得てくれれば頼もしい限りだ」

啓蟄が近づき、陽ざしにもかすかな春のぬくもりが感じられる。

正成が大塔宮を訪ねてきた。

「鎌倉からの先発隊が京に入りました。これよりしばらくは大塔宮様とお目にかかることが叶わぬと思われますゆえに、しばしの別離《わかれ》のご挨拶に参上致しました」

「いよいよだな、正成」

「幕府軍の攻撃目標の第一は、われらの旗幟である大塔宮様です。吉野で決してご無理はなさらないでください」

「死に物狂いで籠城してはならぬというのか……?」

「然様に願います。なぜなら大塔宮様はわれらが拠り所にございます。赤松殿が決起するにしても大塔宮様の発せられた令旨を奉じた官軍であることを重んじられましょう。大塔宮様は吉野で死力を尽くされるよりも、ともかく生き延びて頂かなければならないのです。大塔宮様を失えば、千早城は単なる悪党の城となり、赤松殿の決起も望めなくなります」

「そういうものか。わかった。わかったが、隠岐には帝がおわすではないか。私は帝の代わりに過ぎないのだぞ」

「帝は隠岐ですが、大塔宮様は京に近い吉野です。帝が隠岐から戻られるまでは、大塔宮様は我らが旗幟なのです」

（死力を尽くして戦いたいと思ったが、生き延びることが使命だと言われれば頷かざるを得ない。正成の言葉は、悔しいほどに腑に落ちる）

「わかった。生き延びることが私の戦いであると、改めて思い定めたぞ」

正成は深々と頭を垂れた。

「正成、お前と出会えて本当に嬉しく思うぞ。この国を変えるために、これからも共に戦っていこうぞ」

昂ぶる気持ちを抑えつつ二人で夜通し戦略を練った。「吉野が落ちた場合」「千早赤坂が落ちた場合」「両方とも落ちた場合」、いかに動くか綿密に打ち合わせた。

そして最後の朝を迎えた。

(次の機会は恐らくないだろう)

口にこそ出さないが二人ともそう思った。

「大塔宮様、御武運を…」

「正成もな」

最後の言葉は、全てを凝縮した短いものであった。

それから、七日後、吉野に二方面から大軍が向かっているとの報告が届けられた。

(四)上赤坂城籠城戦

正成は上赤坂城の櫓《やぐら》に登った。正季と祐清が従った。

この城の城将となった老臣平野将監が、兵を叱咤激励しながら忙しく立ち振る舞っている。

上赤坂城の弱点は水源である。水源を断たれればこの城はすぐに落ちる。逆に言えば、水源さえ保たれれば、天然の要塞と化したこの城はなかなかに落ちにくい。

砂煙が遠くに上がった。大軍が迫りくることが視界で確認できる段階になったということである。

「流石に坂東武者。麾下《きか》のもと見事な布陣ですな」

「見てみよ。奴らは野戦の構えだ。隙《すき》は無いが、やはり山城を囲むのには慣れてはおらぬようだ」

「野戦ならば、われ等に勝ち目がないことが景観で分かります。山城とは有難いものですな」

かねて楠木一党の調練は野戦形式で行っていた。悪党の戦いらしく民草に身を隠したり、神出鬼没に居場所を変えたりと、坂東武者の野戦とは多少は違ってはいる。それでも今回は役に立ちそうにない。

（悪党の究極の戦法である山城の籠城戦に持ち込むしか活路は残されていない）

楠木軍全員がそう思った。

「地の果てまで幕府軍で埋まるであろうな。しかし、一時で攻撃できるのはせいぜい数千といったところだ。その数千が昼も夜も繰り返し津波のように押し寄せてくる。想像しただけでもぞっとするよな」

正季が声高に笑った。

「兄上でも怖いものがあるのですな」

上赤坂城の背後に千早城が築かれている。千早城は更に堅固な城であり、城の中にもうひとつ城があるかのようである。

敵軍すべての布陣が完了した。元弘三年（一三三三）四月、野を渡る春風に無数の旗が靡《なび》いた。

戦闘が開始されたのは、昼過ぎからであった。

二千単位の軍勢が上赤坂城に攻め掛かり、撃退されては次の二千が突っ込むといった具合であり、攻撃の休まる間もない。

上赤坂城の平野将監から、千早城の正成のもとに注進が発せられた。

「城を攀《よ》じ登ろうとする敵兵に対して、石を落とし、材木を転がし、また熱湯をかけたりして、守り抜いています。味方の士気は否応にも昂ぶっています」

二日目、三日目も平野将監はよく攻撃を防いだ。

吉野でも、上赤坂城と同じような攻防戦が繰り返されているという。いざ実戦となると、大塔宮の指揮は冷静沈着であり、籠城の態勢は頗る強固で敵も攻めあぐねている模様だ。

金峯山寺前執行の岩菊丸が六波羅軍に従って、吉野包囲網に加わったとの報が入った。

（岩菊丸ならば、誰よりも吉野の地形に詳しかろう）

正成は千早城を出て尾根を歩き、上赤坂城に入った。途中に一ヵ所、谷越えがあり、吊り橋が架けてある。上赤坂城の水源は、その吊り橋の下の湧水だった。それを樋で城内に引く作業は楠木一党で秘密裏に行った。

総大将が姿を見せれば、兵の士気は上がる。正成は将監と並んで城中を歩き回った。

（兵糧は充分にある。兵の士気も高い。しかし、ひとたび水源を断たれたら、呆《あっ》

気《け》なくこの城は落ちよう)

「将監、踏ん張れるだけ、踏ん張れ。上赤坂城での戦いが、次の千早城攻防に大きく影響するのだ」

「はっ!承知仕りました」

「最後には降参しても構わぬ。兵の命だけは守るのだ」

それだけ言い残して、正成は千早城に戻った。

(思い通りに事は運んでいる。上赤坂城への攻撃は、まだ緒戦の段階だ。いくら撃退したとはいえ、次から次へと敵勢が襲ってくるのだ)


播磨のことも気になる。

(赤松円心殿が、動き始めたようだ。円心殿は、私とは違った戦い方をするはずだ。六波羅を衝くかもしれぬ。そうなれば、吉野や千早赤坂の攻囲軍は混乱するであろう)

伯耆にも思いを寄せた。

(名和長高殿は、いつまでじっとしておられようか。長高殿は、帝が隠岐島を抜

け出される手筈を整えて伯耆国に迎い入れる算段に違いない）

隠岐へ気持ちが飛んだ。

（隠岐での帝のご様子はわからぬ。冬の荒れた海は危険でもある。帝の脱出は困難を極めよう）

悪党の活路への思いに至った。

（悪党の活路。それこそが私が追い求めているものだ。いまの幕府のやり方、すなわち領地を与えて支配するという方法では、悪党が生きる道はいずれ断たれる。政は領地支配だけですべてを解決できないのだ）

不安は残る。

（それでは新しい国が出来さえすれば、商いの道が開かれるのか。外国とも商いが出来るようになるのであろうか）

結論は出ない。

（みんな、俺についてきてくれている。河内赤坂村の一介の悪党に過ぎぬ俺に…。朝廷から見ても、幕府から見ても取るに足りぬ男だろう。それでもついてきてくれる。良し悪しを語る段階ではない。既に、事は始まっているのだ）

いつのまにか、金剛山に夕日が沈もうとしていた。

真っ赤に染まった千早城の上空を雁の一群が通り過ぎた。

(五) 赤松円心

播磨に錦旗《きんき》が靡《なび》いた。

赤松円心が令旨を奉じて播磨で挙兵したのである。

「円心が挙兵したぞ、則祐。私の令旨に奉じたと表明したそうだ。鎌倉から大軍が発向《はっこう》したのを見届けた後での決行とは…、これが円心の機なのか？」

大塔宮は円心の蜂起の時期に不思議を感じた。

正成の決起からちょうど一年を経過しようとしていた。その間正成は畿内を縦横に暴れ回り、そして上赤坂城・千早城を築き上げ、目論見通り幕府本隊の大軍を引き摺り出すのに成功していた。

「父は、今が己の機だと感じたのです。宮様や楠木殿の戦の帰趨を見た上で、などとは考えません。大軍が播磨に向かうのも覚悟の上だと思います」

「円心の決起は、大きな渦となって畿内の悪党を奮い立たせるに違いあるまい」

播磨灘は凪《なぎ》である。円心は播磨灘に映る淡路島の影を眺めていた。

（鎌倉の大軍が大塔宮様と楠木殿を潰しにかかろうとしている。幕府は吉野と千早赤坂を落とせば、反乱は鎮まると読んでいよう。しかし幕府の読み以上に楠木殿は粘るはずである。一月や二月は粘るだろう。だが今のままではいずれ潰されてしまう）

決心がついた。

（楠木殿を潰してはならぬ。令旨にいち早く応じて討幕の旗をあげた楠木殿が敗れたならば、悪党の戦いが無に帰す。楠木殿を潰させない。今が機である）

「騎馬隊を編成せよ」

円心は側近に命じた。馬はかねて播磨の山中に隠してあった。武器も三千の兵に配られた。

「いいか者ども！　我らはこれより摂津へ駆ける。われ等は賊徒ではない。錦旗を奉じた官軍である。それを忘れるな！」

円心蜂起の報を受けた六波羅は、吉野攻囲軍から北条時知を司令官とした精鋭一万五千を播磨に向けた。

（この円心と対等の戦いをしたければ五万の兵を差し向けよ）

円心は昂ぶった。

途中で加わる者もいて赤松軍は総数五千に達していた。

先鋒は次男の貞範《さだのり》と決めていた。

「よいか貞範、勝負は一瞬だ。その一瞬にすべてを賭けよ。これが赤松の戦いだと、諸国に知らしめるのだ」

「お任せください。思う存分悪党の戦を演じてみせます」

敵の騎馬隊が展開し始めた。貞範の騎馬隊五百が麻耶山の斜面を駆け下った。坂東武者も負けてはいない。貞範隊は最初こそ駆け下りの勢いで優勢だったが、徐々に押され始めた。

「引け……！」

貞範の騎馬隊は、一瞬にして左右に消えた。予め用意してあった退路である。

円心が右手に持った軍配を振り降ろした。

大木と大石が麻耶山の斜面を転がり落ちて、敵兵の体を薙ぎ倒した。更に第二弾も見舞った。

「よし総攻めだ」

円心が号令をかけると、長男の範資《のりすけ》が雄叫《おたけ》びをあげた。

全軍が斜面から駆け下りの総攻撃をかけた。

敵軍が散り散りに乱れて潰走したので追い討ちをかけた。敵を一つに纏まらせないためである。一万五千の幕府軍は、摂津の原野を逃げ回った。

「摂津のど真中に、巴《ともえ》の旗と錦旗を掲げよ」

「うぉー」

円心が声高々に勝鬨を上げると雄叫びが大地に木霊《こだま》した。

（六）千早城籠城戦

上赤坂城が落ちた。

城の北端に位置する最先端部の深い堀切を防波堤として、這い上がろうとする幕府大軍に矢の雨を降らせ、大石を落とし、熱湯をかけて一月の間戦い抜いていたのだが、とうとう〝水の道〟が発見されてしまったのである。

水源を断たれた上赤坂城は、予想通りそれから三日で陥落した。

「約束を違えおってからに、……許せぬ」

楠木軍は幕府軍の仕打ちに憤《いきどお》った。

将監は正成からの指示もあり兵の命を守ることを条件に上赤坂城を明け渡したのだが、二百五十名余の兵は即座に京に送られ将監もろとも六条河原で斬首かつ晒首《さらしくび》にされたのである。

千早城の楠木軍に決死の炎が燃え滾《たぎ》った。信の置けない幕府軍の姿を目の当りにして、降伏しようと言い出す者はいなくなった。


上赤坂落城と時を同じくして吉野も落ちた。金峯山寺執行の岩菊丸が攻囲軍に加わった時から予想されたことではあった。

大塔宮は無事に落ち延びたとの報告を斥候から受けた。

大塔宮は、吉野を落ちるとすぐに反幕勢力の結集を呼び掛けたようである。すでに三千の兵が参集したという。

円心の動きも活発である。

一万五千の幕府軍を五千の兵で壊滅させた円心は、摂津の中央で、更なる進攻の構えを見せているという。

吉野を攻囲していた幕府軍が千早城攻めに加わったので、幕府軍は八万余に膨れ上がっていた。河内の平野が幕兵で覆いつくされたかのようである。

千早城に籠るのは、楠木一党の八百である。八百で籠る城に八万余の大軍を引きつけることが出来た。

〔ほどなく動く、何かが動き始める〕

正成は確信していた。

〔守りきることで時流が動く。たとえ崩されたとしても楠木一党が逃げ切れば百倍の兵力で攻めた幕府軍の負けと世間はみる〕

騎馬数が少ない楠木軍は全軍の平均走力で機動力を補っていた。

〔悪党の戦いでは走力が物を言う。騎兵による攻撃から逃げ切る最後の手段は走力だと思えばこそ、日頃から城の周り即ち山道や草むらを走ることで鍛えてきたのだ〈尽度巡り*1〉〕

斯様に考え得る限りの準備をして千早城に入っていたのである。

攻撃は連日続いた。攻める側の幕府軍は次々に兵力を交替しているのに、守る方の楠木軍は昼夜兼行で全員が防戦している。

（水は城の内外に山伏が隠していた水源が五か所ある。塩・味噌などの兵糧も二～三か月は籠れるほどたっぷりと蓄えてある。また城の裏手から金剛、吉野、熊野古道へと抜ける山道があり食糧を随時運び込むことも可能だ。半年くらいの籠城戦には十分耐えうるはずだ）

そう確信しているものの、籠っているのは生身の人間である。昼夜攻められると、眠ることが難しくなる。その上に五日目の夜からは鉦《しょう》、太鼓、法螺貝等が打ち鳴らされ、ますます眠れない。

（こうも間断なく騒音を出されたら、兵どもはたとえ眠れたとしても浅い眠りしか出来まい）

正成は期待した。

（ここで大塔宮様なのだ。吉野を出て金剛山に拠った大塔宮様が包囲軍を外側から攻めてくだされば、敵兵も休まる時がなくなろう）

攻囲はひと月になろうとしている。

石や木材、煮え湯を使い撃退してはいるが、次から次へと敵兵は押し寄せる。

「耐えるのだ」

正成は叫び続けた。

それから三日後、大塔宮が一万の兵とともに河内に入ったとの報を得た。

「大塔宮様の兵が二万に達したとのことです。それを五千ずつ四隊に分けられ、敵を外側から攻撃されているとのことです」

今も見渡す限り敵ばかりである。

（隠岐の帝はいかがなされたであろうか。上手く脱出されたであろうか。帝の綸旨が届けば、決起する者はさらに増えるに違いないが…）

同時に不安が過《よぎ》った。

（帝はどこへ綸旨を発せられるのであろうか。北条政権に反感を抱く御家人にまで届けられるのではないか。源氏の流れを汲む足利や新田などに届けばどうなる。奴らは単独でも数万の兵を持っているはずだ）

不安は募る。

（帝が足利や新田を頼られれば、御家人の時代が続き非御家人である悪党の活路がなくなる。武家の支配そのものを打ち破らなければ意味がない）

期待するしかない。

（いまは耐え続けなければならぬ。安易に武力を有する者を頼ってはならぬのだ）

尽度巡り[*1]…文献での表現。城の周りをランニングすること。楠木軍はこうして鍛えた走力で夜陰に紛れて逃げたともいわれる。いずれにしても楠木軍は負けなかったのである。軍事政権たる幕府の権威は失墜した。

（七）船上山

帝が隠岐から脱出し伯耆《ほうき》に入られた、という知らせが齎《もたら》された。

真偽を確かめるべく偵察に出かけていた祐清が闇に紛れて千早城に戻ってきた。

「帝の隠岐脱出は誠にございります」

「やはり誠であったか…」

正成の思いは複雑である。

（早すぎる…！　六波羅を倒してからでなければ全てが水泡に帰さぬとも限らぬ）

後醍醐帝の顔が脳裏に浮かんだ。

（帝は全ての力は自らが発していると信じておられる。己の意思を実現するためならば何でも利用されるであろう。平氏の北条政権に対する源氏の足利高氏や新田義貞…。そうなれば北条幕府にかわり足利や新田の幕府が出来るだけのことにはならぬか…？）

「祐清、『幕府・御家人の勢力』と『朝廷に仕える悪党』の対決という形にせねばならんのだ。俺がこの千早城で無謀ともいえる戦いを続けているのは、『倒幕が悪党の手によってなされた』という実績を作りたいがためなのだ…」

祐清は黙って頷くしかなかった。

帝が隠岐を脱出されて伯耆に入り、名和長高に迎えられたという。長高は自らの屋敷を焼き払い、船上山に砦を築いて帝を推戴した。

「これで繋がったな。伯耆の帝のもとに名和長高殿があり、播磨・摂津に赤松円心殿があり、大和・伊賀に金王盛俊殿があり、ここ河内に楠木正成がいる。悪党が畿内を取り巻く形で決起しているのだ」

千早城への攻撃は激烈なものであったが、意を強くした正成は更に耐えた。籠城してはや百日が過ぎようとしていた。

金剛山の青葉茂る夏景色が、知らぬ間に木枯らし吹きすさぶ晩秋に転じている。全身に吹出物ができ、痒みでのたうち回ることもあった。掻《か》き毟《むし》ると破れたところが痂《かさぶた》になる。痛みの方が、まだましだと思った。

気が触れたものも二十名ほど出た。大人しくしている者は回復の機会を待ち、暴れるものは斬り捨てた。そうするしかなかった。

帝が船上山から綸旨を発し始めた。足利高氏や新田義貞にも発せられたようだ。ただ、両名をはじめ有力御家人が綸旨に奉じたという情報はない。彼らが動いた段階で、「悪党（非御家人）対御家人」という対決軸は崩れてしまうのだ。

円心が山崎まで駆け戻ってきた時は、六騎だった。

そこで止《とど》まり、歩兵が戻ってくるのを待った。二千程になったとき、円心は隊列を組ませて、六波羅軍の追撃に備えた。しかし、敵軍は姿を現さなかった。山崎の陣はやがて四千に膨れ上がった。

（六波羅探題の寸前まで攻め込んだのに…。あと一歩まで六波羅に迫ったのに、幕府軍の壁はやはり厚かった）

円心は臍《ほぞ》をかんだ。六波羅を落とすことが、千早城でつらい籠城を続けている正成に対する唯一の礼だと思っていた。

（悪党の力だけで十数万の幕府軍を引きつけている正成殿に、やはり悪党の力だけで六波羅を落として見せたかった。そうすれば大塔宮様を京に迎え入れることが出来、更に京で兵を募ることが出来たのに…）

円心は再度臍《ほぞ》を噛んだ。そして千草忠顕を恨んだ。

（船上山から発せられた千種忠顕殿の軍勢一万が、取り決め通りわれらと共同歩調を取り、六波羅軍を挟み撃ちにしたら勝機があったものを、功名心にかられた千種軍が単独行動を取ったがために六波羅軍に個別に撃破されてしまった。やっと巡ってきた好機を千種殿の愚かさのために台無しにされた）

それは〝吉報〟というかたちで千早城に齎《もたら》された。正成は顔色を失った。足利高氏が丹波篠村で反幕の旗を掲げたのである。源氏の足利が、平氏の北条に反旗を翻《ひるがえ》したのである。

（八）鎌倉幕府滅亡

これより一月《ひとつき》前の四月二十二日、高氏率いる足利軍三千余騎が、一日遅れで名越軍四千余騎が六波羅に入った。六波羅探題北条仲時は喜びを満面に浮かべて両名を迎い入れ、現況を矢継ぎ早に報告した。

「ただいま臨戦状態にある敵は、洛南に迫りきた赤松円心軍、千種忠顕軍および結城親光軍です。比叡山の僧どもは様子見を決め込んでいます。後醍醐帝は伯耆国船上山の行在所《あんざいしょ》にあり、わが軍は総攻撃を仕掛けるべく準備中です」

いざ戦いとなると抜群の才を示す高氏である。冷静を装うべく低い声で仲時と高家いずれへともなく語り掛けた。

「まずは洛南に迫りくる赤松軍を粉砕し、勢いそのまま船上山の主敵に矛先を向けましょう。高家殿は山崎から山陽道をお進みあれ。私は兵糧調達のために丹波篠村に立ち寄りしのち、山陽道にて合流します。仲時殿、それでよろしゅうございますか」

「身共に異存はございません」

仲時は二十歳過ぎの若武者である。戦闘に慣れた高氏の方に、一門の高家以上に信頼を寄せた。

先陣を受け持つ名越軍が上鳥羽あたりを行軍中に赤松軍北上中との報告を受け、急ぎ鴨川沿いに陣を張り赤松軍を迎え撃つ陣形を整えた。高家にとっては指揮官としての初陣であり、敵軍を一撃で粉砕しようと息巻いた。

(哀れ高家、高氏に裏切られているとも知らずに…)

円心は憐れみを感じながら高家と対峙した。

「皆の者、決められた配置につき、幕軍を鴨川に追い落とすのだ」

一方の名越軍は重臣らがいきり立つ高家を懸命に宥《なだ》めている。

「殿、足利軍は十条通りを過ぎたとのこと。足利軍が合流するまで戦端を開いてはなりませぬぞ」

多勢かつ精強の六波羅軍を加えた名越軍は力感で赤松軍を圧倒しており、単独での勝利が欲しい高家の若さを呼んだ。逸《はや》る気持ちを抑えようと大声で諫める臣下の言葉に耳を貸さずに先陣を切って赤松軍に突撃したのである。

その時、高家の側近が悲鳴にも似た叫び声をあげた。

「あれを見よ。足利殿は日吉が丘から高みの見物を決め込まれておる。さては謀反か、足利軍は敵になってしまったのか？」

高家には届かない。

「われは名越高家である。赤松円心殿はいずこにおわすや！」

派手な鎧を纏った高家が名乗ったその瞬間、敵方が放った矢が高家の脳天を貫いた。

駆け寄った赤松軍の騎馬武者が高家の首級を切り落として名乗りを上げた。

「赤松一門の佐用城主佐用範家なり、敵方御大将名越高家殿を討ち取ったり…」

大将の死と高氏の裏切りを同時に知った名越軍は激しく動揺した。あわれ名越軍は、前方の赤松軍と両翼を固めた千種軍・結城軍との挟み撃ちにあい野辺に屍を並べた。

足利軍の中にも六波羅の手勢が多数いた。

「一刻も早くこの一大事を探題様にお知らせしなければ…」

十騎、二十騎と洛中へ戻ってゆく。

「追うな、射るな、勝手にさせよ」

そのまま足利軍は一路丹波篠村へと向かった。

馬の嘶《いなな》きに篠村の住人代表が出てきた。

「案ずるな、儂は領主の足利高氏である。数日前に使いの者が申し述べたように兵糧の調達に罷《まか》り越した。急ぎ差し出されたし。我らは八幡宮に詣でたあとすぐに立ち去る」

元弘三年（一三三三）四月二十九日、高氏は軍勢を篠村神社境内に集結させた。

松明が夜空を焦がした。

「さッ兄者。壇上へ」

高氏は本殿の壇上に立つと夜空に向けて叫ぶかのように演説を始めた。

「共に行軍したので皆も薄々気配を感じとったかもしれぬが、足利軍は本日より鎌倉幕府の敵となる」

あまりの驚きが足利軍を黙らせた。北条家とは皆大なり小なり付き合いがある。

〝昨日の友〟が〝今日の敵〟になってしまうのだ。

「改めて源氏の由来を述べさせてくれ。源頼朝公・頼家公・実朝公の源家嫡流が途絶えて以来、平家の北条一門に鎌倉幕府は乗っ取られてしまった。本来ならば、八幡太郎義家公の系統であるわが足利家か上野《こうずけ》の新田家が源氏宗家を継ぐべきであったにも拘わらず…。皆には長らく辛抱を強いてしまい本当に申し訳なく思っている」

高氏は北条に恨みを持っているわけではない。むしろ得宗家には厚遇を受けている恩もある。

(北条政権は、賄賂などとは無縁の史上まれにみる清廉潔白な為政者だといえよう。執権・得宗といえども質素倹約を旨とし、華美栄華とは無縁の政権であった。元寇《げんこう》に際しては、日本国の安寧を護るべく先頭に立って獅子奮迅された。そしてその戦費がもとで存立基盤が脆弱となった。御家人には耐乏を強いたが、民百姓から租税をふんだくることもなかった。そういう北条政権を打破しようとしているのだ。俺はひどい男だ)

後ろめたい気持ちは大声を出すことで払いのけた。

「今、北条得宗家は幕府の要職を一門で独占している。反して北条家に臣従している御家人たちは疲弊困憊《こんぱい》している。俺は困窮する御家人の生活安定のため、何の施策も打たない北条政権に鉄槌を下すべく決起したのである」

高氏は、懐にしまっておいた巻物を広げて頭上に掲げた。

「皆の者、よーく見てくれ。この書状こそ後醍醐帝の〝綸旨〟であるぞ。足利軍は官軍となったのだ」

「うぉー！」

篠村の杜《もり》に鬨の声が響き、二引両の旗が青嵐《あおあらし》に揺れた。足利軍は六波羅探題攻撃のため馬首を京に向けた。

高氏が倒幕の旗を掲げた瞬間、「悪党と御家人との対決」という、正成や大塔宮が、あるいは円心が思い描いた倒幕のかたちは、崩れ去った。

あとは、倒幕という行為があるだけだった。

六波羅が陥落した。瞬時のことであった。

円心があれほど攻め続けても落ちなかった六波羅が、高氏が加わるとあっという間に陥落したのである。

六波羅探題。平清盛が構えて以来その名を冠し、鎌倉幕府においても出先機関として京都守護の任務を全うしてきた南北の六波羅政庁。北六波羅の北条越後守仲時、南六波羅の北条時益は眼前に迫った死の恐怖に怯えながら、畏友高氏に裏切られた現実が信じられずにいた。

千早城攻囲軍も、雪崩を打つかのように撤退を開始した。六波羅は既に陥落しており、敗軍の撤退は悲惨なものとなった。野盗や野伏せりの襲撃を受け、這々《ほうほう》の体で逃げおおせる者もいたが、もはや一軍の体は保てるものではなかった。

高氏が京の六波羅探題を攻め滅ぼした直後に、上野国（群馬県）で倒幕の兵を挙げた新田義貞も幕府本拠地の鎌倉へ攻め入った。小手指原、分倍河原で幕府軍を撃破した新田軍は、稲村ケ崎から浜伝いに鎌倉中心部に攻め込んだのである。北条高時は菩提寺の東勝寺で自刃した。こうして鎌倉幕府は百五十年の歴史に幕を下ろしたのである。

京の市街は整然としていた。足利軍が要所を固め、治安維持に努めていたのである。六波羅の跡地に奉行所を置き、参集した武士の軍忠状に証判を与え始めた。

あたかも幕府が開設されたかのようであった。

足利軍は統制が取れている。流石に鎌倉幕府中最強軍といわれただけのことはある。

高氏は京の地形の軍事的弱点を把握しており、周辺を固めることでより強固に京市街を防御している。足利軍が勝者として傍若無人《ぼうじゃくぶじん》に振る舞っているという印象も与えていない。


（六波羅も鎌倉も、結局御家人の手により落ちたということか）

無力感に苛《さいな》まれた正成は河内に帰った。

先に帰還していた正季が庭先から大声を張り上げた。その夜は語り明かした。

「おや兄上！　お帰りでしたか」

「京は完全に足利軍の統制下に置かれた」

「帝が船上山から京に還幸されればひと悶着あるかもしれませんね」

「そうだな。足利方についた兵たちが証判を貰うために列をなしておるという。悪党の中にも足利の証判を欲しがっている者が多数いる」

「恩賞は自らが与えるものだと帝は御思いでありましょうが…」

「俺は帝に二度お会いしたことがあるので、性格も凡そ分かる。ただでは済むまい…」

正成は、確信に似たものを感じた。

「帝は親政を目指されておられるし、足利殿は新たな幕府開闢を望んでおられる。並び立つはずがなかろう」


赤松円心と会った。

円心は正成の顔を見るなり頭を垂れた。

「済まぬ」

何が潰《つい》え、いかなる構想が消えたのか、その言葉に凝縮されていた。

「ところで、大塔宮様の姿が見当たらぬが…」

「私も何度か信貴山《しぎさん》の大塔宮様に使者を送りましたが、帝の還幸にあわせて、山を降りられる気配が一向に見えませぬ。あれだけご活躍なさった大塔宮様が自ら立場を不利にされているようで歯痒い思いをしているのです」

高氏の周到さを見ていると、正成にはそう思えてならなかった。

「正成殿、よくぞ金剛山を守り抜かれたな。本当に成し難いことをなされた」

千種忠顕が、堂々たる武将姿で正成に声をかけた。

（船上山の軍勢を率いてきたこの男が、円心殿と連携さえしていれば、足利軍が蜂起する前に六波羅を陥落させることが出来たかもしれぬものを…）

傍らにいる円心の気持ちが手に取るようにわかる。

（円心殿は「悪党対御家人の戦い」を「御家人対御家人の戦い」に変えてしまったこの男を斬りたいに違いない）

第五章　建武の新政

(一)　天皇親政

後醍醐帝が船上山から京に還幸されることになり、正成は西宮まで迎えに出た。兵庫での行在所・福厳寺（臨済宗）から京までの護衛は、畿内の兵七千騎を束ねた正成が受け持つこととなっていた。

後醍醐帝とは笠置以来一年九か月ぶりの拝謁である。鳳輦《ほうれん》の簾《すだれ》越しに帝の甲高い声が響いた。

「本日を迎えられたのは、正成の功績大である。朕は嬉しいぞ」

「はっ、有難きお言葉を頂戴し光栄の極みです」

帝から頂いた言葉もなぜか空しく感じられた。

（京ではすでに足利幕府が出来つつある。足利殿が証判を与えている姿を見られれば帝は何と思われようか）

「先ほど、鎌倉の新田義貞からも文が届いた。鎌倉を落として北条高時らを自害に追い込んだそうだ。高氏が六波羅を落とした翌日である。連絡を取り合っていた訳でもなかろうに、京と鎌倉がほぼ同時に落ちたのだ。目出度きことは重なるものだの」

後醍醐帝は京に思いを馳せた。

「名和長高はいずこか」

「ここに控えおりまする。何用にございますか」

「富小路坂の里内裏の客間に、幕府討滅の功労者どもを集めよ」

内裏に到着し着替えを済ませると後醍醐帝は客間上段の御簾内に着座した。皆ひれ伏している。

「いきなりではあるが、朕は年号を〝建武〟に改めることとする。建武とは後漢の光武帝（劉秀）が簒奪者〝新の王莽〟を滅ぼして漢王朝を再興（後漢）された時の年号である」

名和長高が恐る恐る尋ねた。

「年号の選び方は古来より中国古典の文章から採用する慣習《ならわし》にございます。帝仰せの〝建武〟は中国の年号そのものでございます。それに〝武〟という物騒な文字が入っており、かの国でも賛同しなかった者が数多くいたと聞き及びますが…」

「勇ましくていいではないか。それにもう決めたのだ！」

他人《ひと》の意見には耳を貸さない後醍醐帝である。


後醍醐帝は朱子学に造詣が深い。尤も我田引水の感は否めない。

「鎌倉幕府は覇者に過ぎぬゆえ滅ぼした。神聖な国土を武家のような殺生を業としている者どもが支配することは断じて許されない。徳をもって国を治めるのが朱子学の教えだ」

今後の政への応用を披露した。

「朕は親政を行うにあたって庶政全般を一新するつもりである。『今の例は昔の新儀なり、朕が新儀は未来の先例たるべし』と心得よ。朕の政治理念実現のため〝綸旨〟を最高の規範とする。その旨広く知らしめよ！」

それからというもの後醍醐帝は手続き無しで命令を下せる手段としての綸旨を〝愛用〟していくのである。

「土地所有権を白紙に戻し、新たな綸旨を得たものだけがその権利を主張できることとする。また世襲できる職位は最高指導者たる帝のみであり、あとの職は〝役職・地位〟に過ぎず、人事権は帝の意志で決まる、という本来の律令制度に戻す」

これまで摂政・関白職を藤原氏が独占していたように、中級から下級に到る官僚までも多くは世襲制であった。これらを廃するというのである。

次に体制の変革である。

「まず幕府が擁立した光厳帝と正慶の元号を廃止する」

すぐさま光厳帝が署名した詔書や与えた官位を無効にした。

更には法制度の変革である。

「旧領回復令、朝敵所領没収令、誤判再審令、寺領没収令を発布する。あわせて訴訟・申請の裁断は綸旨によるべきこととする」

単に幕府を倒すのみならず、武家政治否定の強い意志を世に示した。

「やり過ぎかのう、長高」

後醍醐帝は悪党・非御家人として武士の一面も併せ持つ長高の意見を聞くことが多い。

「既得権に切り込む時には、権力の一極集中が必要でございます。帝にすでに備わっている権威を背景に、権力を一手にお持ちになれば可能だと思われます」

一呼吸置いた。

「倒幕というところまでは、帝も公家も武家も悪党も利害が一致し、団結することが出来ました。あとは帝が理想とされる治世が、人々が求めているものと合いさえすれば、理想の世となりましょう。私は恐れながら、帝のお側にお仕えできれば光栄にございます」

正成は一連の後醍醐帝の発言を聞きながら思った。

（やはり帝と足利殿は根本的に考えが異なる。足利殿は、鎌倉幕府こそ倒したものの幕府政治そのものは否定しておられぬ。一方、帝が目指される政は、天皇親政を柱とした朱子学的な天皇絶対専制政治である。帝にとって穢《けが》れた武家によって運営される幕府は覇者であり悪である。帝が体制の根本的な変革に動かれているのに対して、足利殿は権力交替をしただけのつもりなのだ。足利殿が倒幕に立ち上がられたのは、御家人の権益を守るべき鎌倉幕府という組織が、何の役にも

立たなくなったからである。この思惑の違いはいずれ〝建武の新政＊1〟に歪《ひず》みを生じよう）

後醍醐帝の話はなおも続くが、不安が先立ち耳に入らない。

（政は強力な軍事力の背景がなければ治まらぬ。武家にとって帝という存在は畏れかしこむ対象ではあるが、それはあくまで己の権益と矛盾しない範囲においてであろう。足利殿を敵に回した場合、帝の親政は成り立つであろうか？）

後醍醐帝と高氏の権威の拠り所を比較してみた。

（この国はかねて「徳」より「血統」を重んじてきた。帝が偉い理由は〝徳がある〟からではなく〝天照大御神直系〟だからであろう。実力社会である武家社会においてさえ、足利殿が偉いのは八幡太郎義家の子孫であるからだ。違いは武力を持つか否かだ）

建武の新政＊1…余談であるが、筆者が学生の頃は「建武の中興」と教わったが、現在は「建武の新政」と表現している。朱子学の立場から見れば、鎌倉時代から幕末までの六百年余も続いた幕府政治の中で例外的に〝正しい時代が復活した〟という評価のもとで、かつては「中興」と表したのである。

（二）論功行賞

論功行賞に移った。

「足利高氏、前に出よ」

高氏は後醍醐帝の突然の指名に一瞬たじろいだ。

「そなたに、朕の諱《いみな》の一字を与える。今後は〝尊氏〟と命名するがよい」

後醍醐帝は臣下に書かせた書を掲げて〝尊〟の字を指さした。

「古より帝が臣下の者に諱を与えることなどないはずだ。幕府精鋭部隊の指揮官で北条氏の信頼も厚いそなたが離反したことが倒幕の決定的な要因であったこともあるが、北条高時から授けられた〝高〟を取り除く意味合いも含んでおる」

「有難き幸せにございます」

尊氏は名前自体には無頓着であったが、儀礼として丁重に礼を述べた。

次に、名和長高が呼ばれた。

「長くて高いのは少々危険ではないか。今後は〝長年〟と名乗るがよい」

「有難き幸せに存知奉ります」

長年は、後醍醐帝の諱の一字ではないことに多少の不満を感じつつも帝の側近になり得たことで良しとした。

「次は正成じゃ。辛苦に耐えて粘り強く戦ってくれたそなたの粘りが倒幕の機運を大いに高めてくれたことは皆が認めるところである。尊氏が当方についたのも、千早城でのそなたの活躍があったればこそだ。のう尊氏」

「はっ、仰せの通りにございます」

今度は本心からそう言えた。

正成は〝悪党対御家人〟の戦いができなかったことを悔やんでも悔やみきれない。詮無いことゆえこの場では口には出さずに胸の奥にしまった。

一方の尊氏は不思議な感想が湧き出た。

（帝の権威とは奇妙なものだ。恩賞として土地を与えなくても官位を与えることで授かった方は満足している。名前にしてもそうだ。それだけでなく単に声をかけられただけでも相手には名誉なのだ）

傍らに控える公卿らには違和感を持った。

(何たる面々だ。彼らは倒幕の大功労者たる大塔宮様、楠木正成殿、赤松円心殿のことなど気にも掛けていない。己が帝にいかように思われるかにしか関心がないようだ)


恩賞の沙汰は、ひどくいい加減なものであった。

後醍醐帝の暗愚さが露わになってきた。

倒幕の戦いを、誰が支えて来たのか、自分のために誰が戦ったのかさえも考慮されていない。

取り巻きの公卿、僧などを厚遇し、名和長年、千種忠顕など側で仕える者には手厚く、楠木正成や赤松円心などには薄い。恩賞がないに等しいと感じた円心は、播磨へ帰ってしまった。


尊氏はここを好機と考えた。

「直義よ、円心殿を味方に出来ぬか。俺には円心殿は何かを捨てたように見える。

そして別の何かを探している。悪党として利を見定めようと踠《もが》いているのではないか」

「兄者、円心殿は帝に失望し見切りをつけられたようじゃ。悪党から御家人へ戻られるつもりではなかろうか。いま円心殿に証判を与えたら面白いかもしれませんぞ。時を措かずして領地を安堵したら万全かとも？……」

「円心殿には書簡を認めたところだ。六波羅陥落の功は、足利軍以上にかねて攻め続けた赤松軍にありと」

（三）二条河原落書

『二条《にじょう》河原《がわら》落書《らくしょ》』は日本史上最高傑作の落書といわれる。

「此頃《このごろ》都ニハヤル物　夜討　強盗　謀綸旨《にせりんじ》　召人《めしうど》　早馬　虚騒動《そらさわぎ》　生頸《なまくび》　還俗《げんぞく》
自由《まま》出家《しゅっけ》　俄《にわか》大名　迷者《まよいもの》　安堵《あんど》　恩賞　虚軍《そらいくさ》　本領ハナルヽ訴訟人　文書《もんじょ》入タル
細葛《ほそつづら》　追従《ついしょう》　讒人《ざんにん》　禅律僧　下剋上スル成出者《なりづもの》　器用ノ堪否《かんぷ》沙汰モナク　モルル
人ナキ決断所……」

二条河原の土手を通りかかった壁塗り職人の駒吉が為蔵に話しかけた。

駒吉「為蔵よ、なんだいこの人込みは。公家、武家から僧侶、神主まで目の色を変えて集まってきやがるぜ」

為蔵「なんでも後醍醐帝というお偉い方が、今までの土地所有権を一旦白紙に戻し、ご自分で決め直すとの御達し（綸旨）を出されたそうじゃ。それで、土地の所有者という所有者が京に押しかけているのだ。武家に奪われていた土地を取り戻そうと、公卿や僧侶や神主までもが古証文を葛に入れて我先にと上洛したということだ。『本領ハナル、訴訟人　文書入タル細葛』とはそういうことだとよ」

駒吉「早い者勝ちになるから『謀綸旨』を持ち出すものや、出鱈目《でたらめ》な訴えをする『讒人』や、ゴマスリが得意の『追従』を使って帝に取り入ろうとしているんだな」

為蔵「人の数が一時《いちどき》に増えたのに、警備が敷けてないから治安が乱れに乱れ、『夜討』『強盗』がはびこり『生頸』が転がっているのだ。朝廷は『早馬』で『召人』してなんとかおさめようとされているが、『虚騒動』や『虚軍』が続き何とも騒がしい世になったもんだ」

駒吉「武家の中には恩賞をもらって一気に大名にまで駆け上った『俄大名』も

いれば『下剋上する成出者』もいるそうだ。一方では京の勝手がわからず『迷者』も数多くいる。京童にとってはとんだ迷惑だよな」

為蔵「この混乱に乗じて一旗揚げようと僧侶をやめて俗人に戻る『還俗』者がいるかと思えば、租税逃れのために許可なく僧になってしまう『自由出家』もいるのだとよ。いや〜、実によくできた落書きだ」

駒吉「まだまだあるぜ。訴えが増えてくると帝お一人じゃ手に負えなくなり、雑訴決断所という役所を拵《こしら》え、急増する訴えを捌《さば》こうとして役人を大勢採用したのだとよ。『器用の堪否沙汰モナク　モルル人ナキ決断所』、つまりアホでも役人になれるのだな、面白れぇ」

町人の語らいを傍らで聞いていた直義は薄笑いを浮かべた。

「兄者、落書にあるように朝敵所領没収令が旧幕府系の御家人に与えた不安と不満は計り難いものがありますな。兄者と協議の上発布した諸国平均安堵法により、彼らは兄者のもとに結集しつつあります。朝敵の範囲を北条高時一族とその与党に限定したのも的を射ていましたな」

「それにしても雑訴決断所という命名に帝の思いが見て取れるな。武家にとって死活問題である土地問題の裁きのことを雑訴、つまり帝にとっては些末なことでしかない。所詮武家とは相容れない考えだ」

尊氏は時勢が足利家に流れてくるのを心地よく感じていた。

「戦続きで民が困窮している折に、帝は大内裏の造営を始められた。帝とその取り巻きの廷臣どもには民の暮らしという観点が決定的に抜けておる。庶民の暮らしというものを全然わかっておられぬ」

「これも信じ難きことですが、帝の様々な決定を影で操っているのが三位局阿野《あの》廉子《れんし》なのですな。いくら隠岐の配流先までお供したとはいえ、本来ならば何の権限もない女人でありましょうに…」

「名和長年殿も帝や三位局に取り入り、得意の絶頂にあるかのようだ。悪党の行く末のことに思いを馳せておられる正成殿とはえらい違いだ」

（四）優先順位

京の家々を時雨が冷たく濡らしている。

「直義よ、後醍醐帝は大塔宮様を使って俺を排除したいようだな」

「帝にとって、大塔宮様は親王の尊貴と仏者の智と猛将の武勇を併せ持たれる切り札であり、一方、兄者は天皇親政の理想を否定して幕府を再現しようと野心する許せざる武家の棟梁であろう」

「さて、如何したものか」

師直が口を挟んだ。

「私に妙案があります。帝の寵愛を独り占めされているという三位局様を籠絡できれば、帝の敵愾心を大塔宮様に振り向けることが出来なくもありますまい。なあに男ぶりなら足利軍随一の私に任せてください」

「師直は女子《おなご》のことになるといつも自信満々だな」

三位局阿野廉子《あのれんし》。後醍醐帝の中宮藤原穏子《やすこ》に召し使われていた上臈女房で近衛中将阿野公廉の娘である。やがて中宮を押しのけて帝寵を独占するに至り、笠置挙兵後の隠岐配流にも同行した。三人の男児の母親となった三位局は、わが子の前途の最大の障害になるであろう大塔宮を退けようとしていた。

師直はそこを突いた。

三位局の嗜好を調べ上げて欠かさず貢物を届ける中で、「大塔宮様が帝位を狙っておられます」との〝殺し文句〟を脳裏に沁み込ませるかのように繰り返し話題にした。

大塔宮を帝位争いから排除したい三位局は、閨《ねや》の営みの中で「大塔宮が帝の地位を狙っている」と毎夜帝に讒言《ざんげん》し続けたのである。後醍醐帝にとっての切り札的存在であった大塔宮は次第に帝冠を狙う獅子身中の虫となっていった。

尊氏は救われた。

「師直、でかしたぞ。帝は放置すれば厄介な存在になる俺と大塔宮様を反目させて戦わせ、双方の疲弊に乗じて二人ながら葬り去るという魂胆だったろうが、お前の働きで攻撃矛先の優先順位を大塔宮様に振り向けることができた」

尊氏はもうひとつの悩み事を打ち明けた。

「師直よ、お前の働きで俺が最も厄介な敵と思っている大塔宮様は帝が取り除いて頂けそうだ。さすれば最も敵に回したくない大人物は楠木殿だが、お前ならばどうする」

「楠木殿は、智略、戦略、戦術、度量、いずれを見ても当代随一の人物です。大御所（尊氏）も直義様もこの点は同様にお考えのはず…」

　今回は師直にも妙案は浮かばない。

「楠木殿は利のみで動くただの悪党ではござらぬ。領地を与えるも与えないも、河内と和泉は実質的には楠木殿の領国の様相です。その上に商いや運送で力を貯えておられる」

「師直の言う通りじゃ。我ら武家は、所領を礎に成り立っておる。そこを根本から覆そうとするのが正成殿じゃ」

「楠木殿は大塔宮様とともに、朝廷軍の創設を目論んでおいでです。朝廷軍が力を持てば、われ等武家は賊軍に貶《おとし》められる。いやはや恐ろしい考えですな」

　天性の楽天家尊氏は大声で笑った。

「相変わらずの心配性だな、師直は。彼らの弱点を考えてもみよ。大塔宮様は正成殿を必要とし、正成殿は大塔宮様を担ぐしかない。そして何より帝がそれを理解する器量を持たれてはおられぬ」

　師直が付け加えた。

「帝は三位局の尻に敷かれておられ、その三位局は自分が産んだ子に帝位を継がせたい一心であり、大塔宮様の存在が疎《うと》ましくて仕方がない」

尊氏が笑いを堪えている。

「その三位局のもとへ牛車に貢物を山積みにして届けているのが師直じゃ。大塔宮様の最も厄介な敵たる三位局を籠絡しておる師直はとんだ食わせ者だな。アッハッハ」

堪えていた分、大笑いとなった。

「その背後には兄者がいる」

直義が真犯人を突き止めた目をした。

こうして新政の崩壊の第一歩は、後醍醐帝対尊氏ではなく、後醍醐帝対大塔宮の対立抗争から始まってゆく。後醍醐帝の心の内を先読みした尊氏の勝利と言えないこともない。

(五) 焦り

大塔宮は信貴山を動かない。武家政権に戻ることがなきよう足利一族の排除を求め、朝廷軍設立に向けて征夷大将軍の地位を要求してくる。全国に令旨《りょうじ》を発して兵を集め続けてもいる。

　正成は信貴山へ思いを向けた。

（今は大塔宮様が動かれる局面ではない。諸国の武家たちは京での足利殿の動きに関心を示している。悪党さえもそうである。政権樹立に向けた動きの中で、帝と足利殿は必ず対立される。その時を待たれるべきである）

　信貴山には赤松円心が登り説得を続けた。ようやく大塔宮の入洛が決まった。

〝征夷大将軍〟就任が条件であった。

　御所の一室で、正成は大塔宮に対した。吉野以来である。

「私は自分が正しいことをしているのかどうかわからぬ。正成にはどう見える」

「急ぎ過ぎておられます。確かに格の上では足利殿よりも大塔宮様が上ではありますが、時勢は足利殿に傾いています。足利殿が武家の多くを掌握し、そこから洩れた者が新田義貞殿につく形になっています。つまり、武家どもは平氏の北条から源氏の足利・新田に一斉に靡《なび》いているのです」

　正成は改めて大塔宮の顔を見た。吉野で会った時の精悍さは影を潜めている。

「政の実権が帝にあるといっても、それは足利殿の武力の庇護《ひご》のもとに存在しているようなものです。ゆえに帝は鎌倉幕府重臣であった足利殿を新政樹立における最大の功労者として迎い入れられたのです」

南の空には雲の峰が沸き立つ。

「足利殿は武家の願いを受け入れて幕府創設に動かれましょう。天皇親政とは真逆であり、帝は決して許されますまい。その時こそが大塔宮様が動かれる時とお心得下さいませ」

「私もそう思う。やがて足利の力を削ごうとなされるか、足利そのものを除こうとされるだろうな、帝は…」

「私が心配するのは、帝の御気性です。大塔宮様や新田殿など味方についた方々を犠牲にされないかと…」

正中の変や元弘の変の折、日野俊基や日野資朝など後醍醐帝に見捨てられた廷臣の名が正成の脳裏を過《よ》ぎった。

「あまりに焦られますと帝の不信感を呼び起こし、攻撃の矛先を大塔宮様に向けられかねません。くれぐれもご用心なさりませ」

「確かに私は焦っているかもしれぬ。足利軍が前面に出る前に朝廷軍を編成しなければならぬと思うておるゆえにな。他に手立てが見いだせぬのだ。北条政権下では幕府のお飾りに過ぎなかった征夷大将軍という地位を求めたのもそれ故だ」

正成は涙せずにいられなかった。

（われら悪党がともに抱いた夢。結局、最後まで変わることなく純粋に夢を抱き続けてきたのは、大塔宮様だけだったのではないか）

「正成よ、吉野と千早赤坂で分かれて戦ったように、これからも分かれて動こう。私は足利と戦うというよりも、まず帝の周りに巣食う佞臣どもと戦うことになろう。策謀が渦巻く…」

大塔宮は言葉を詰まらせた。

「大塔宮様、夢は壮大でございました。それを抱く人々の心も…。今となれば実に楽しかった」

正成は素直な感想を述べた。

（六）殉じる

正成は複雑な心境である。

（共に戦った悪党に、満足な恩賞など行き渡らなかった。悪党の将来など無きようなものだ。みんなそれぞれ家に帰った。金王盛俊殿然り、重里持久殿然りである）

祐清が深く溜め息をついた。

「戦に対する恩賞が、いま少し公平であったならば、大塔宮様も足利殿のように力を持たれましたでしょうに…」

正成は頭《かぶり》を振った。

「違うのだ、祐清。帝その方が、われわれが思い描いていた人物像と全く異なっていたのだ。目利き鋭い円心殿などは、それを見抜くとさっさと播磨へ帰ってしまわれた」

「今の朝廷ではどうにもならぬとおっしゃるのですか? ならば殿はこれからどうなさるおつもりですか」

「殉じる!」

正成は意を決した。

「帝や朝廷でなければ誰に?」

「古来よりこの国で引き継がれてきた〝天皇制〟という制度に対してだ」

そして呟《つぶや》いた。

「今の帝ではないぞ」

声に出すのを必死でこらえた。

「殿はかねて悪党は利に靡くものであり、殉じることなどあり得ないと言われていたではありませんか」

「祐清、悪党が滅びてしまったのだ。今回の戦いでわれわれはそれを失くしてしまった…」

正成は嗚咽《おえつ》しそうになり、そっと咳《しわぶ》いた。


二条富小路から河内に帰る道すがら大塔宮のことを思った。

（先日お会いした折に、やはり出家を勧めるべきであった）

後悔の念ともつかないもどかしさである。

（南都北嶺なりに再度出家なさっておれば、機会は必ず訪れよう。〝建武の新政〟に失望した民衆の間から、再び大塔宮様の還俗を望む声が高まるであろうに…）

いまさら何を思っても空しい。

（帝と尊氏殿は必ずや仲違《なかたが》いされる。尊氏殿の気持ちは自分にはよくわかる。そして武家どもの期待を一身に背負った尊氏殿は、新政を離れて幕府設立に動かれるであろう。それに対抗できるのは大塔宮様をおいて他にない）

河内についてからも大塔宮のことが脳裏を離れない。

（死なせてはならぬ。これまでの倒幕の旗幟は帝ではなく間違いなく大塔宮様であったのだ…。それにも拘らず三位局（阿野廉子）の讒言《ざんげん》により父なる帝から追いやられようとされておられる）

唇を強く噛んだ。

（七）友情

五月に入って、富小路の正成邸に突然の客が訪れた。

「正成殿はご在宅か。足利尊氏がご挨拶に訪れたとお伝えくだされ」

応対に出たのは菅生忠村である。

「足利尊氏様と名乗られましても…」

忠村は尊氏を見たことがなく、一瞬真偽を疑う表情をした。

「これは足利様。ご無礼をお許しくだされ」

尊氏の声の大きさで、奥にいた正成が玄関口に出てきた。

「尊氏と呼んでくだされ。俺も正成殿と呼ばせて頂く。二条通を馬掛けしていたらふいに貴殿に会いたくなってな。俺の方こそ無礼を許してくだされ」

尊氏は親しみを込めて直義に言うときと同じく自分のことを〝俺〟と言うことにした。

立ち話をさせてはならぬと、忠村は二人を奥座敷に誘導した。

「お供の方々は、お一人のみ…?」

「三十名ほど連れていたが、一人を残し他は先に帰しました。もっとも見えないところで見張っていようがの…」

「源氏の棟梁とならばさもあらん。して、御用件は?」

「俺はつくづく馬鹿だと思う」

「…」

「正成殿の考えが想像もつかんのだ。ずっと東国にいたからであろうか。京や畿内の動きがまるでわからん」

「まだこちらに来られて数ヵ月しか経っていません。すぐに慣れますすとも」

「いや、そういうことではないのだ」

「…」

「大塔宮様と正成殿は、何を目標に倒幕の戦いに身を置いておられたのだ」

老女が茶を運んできた。尊氏の従者がすっと前に出て毒味をせんと茶に手をのばそうとした。

「控えておれ！」

尊氏が一喝した。

「正成殿に対して無礼であろう。千早赤坂の戦いであれほどまでにわが身を省みずに戦われた正成殿なるぞ」

「倒幕の戦は、文字通り幕府を倒すためのものでありますが…」

「その先に、倒幕の先に見据えられていたのは何なのだ。俺には正成殿はこの世から武家というものをなくしてしまおうとしておられるように見えたがな」

「流石に尊氏殿、よくぞ見破られておられましたな…」

とは言わない。

「残念ながら倒幕は尊氏殿の力で成し遂げられました」

と言うのが精一杯である。

正成は燭台で揺れる蝋燭《ろうそく》の陽炎を目で追いながら続けた。

「悪党の活路。私が求めたものはそれでした。鎌倉幕府の統治方法、すなわち領地を与えて支配するというやり方では、悪党が生きる道はいずれ断たれる、と私には思われたのです」

尊氏には理解しがたいことでもあった。

「われら武家ならば、血となり肉となっている〝所領安堵への思い〟が正成殿にはまるでないのでござるな」

「後醍醐帝のお子であらせられる大塔宮様とは、帝が理想の政を実現するための朝廷軍創設の構想で一致しました。そのためには幕府軍のごとき所領を有する武家で構成される軍ではなくて、非御家人や商人、職人の中から戦を専門とする朝廷直属軍を創設することこそ必要だと考えました」

正成の顔が夕焼けに映えた。

「われら悪党の活路は幕府を倒した後に開けます。そうでなければ決起の意味がない。朝廷直属の軍に、悪党が組み込まれ、御家人・武家と代わっていく。時間《とき》は掛かるでしょうが、大塔宮様もそのようにお思いになられました」

尊氏も暮れる夕日を眺めていた。

「この国の有り様を根こそぎ変えてしまおうということかな。朝廷の軍が力を持てば、われら武士団は存在の意味がなくなるということか。六波羅を攻める決断をしたときに、俺はそんなことは考えてもいなかったな」

夕焼け空を雁の群れが飛びゆく。

後醍醐帝に話題が飛んだ。

「武士の家の子が武士になる。百姓の子が百姓になる。それはそれで何の問題もない。しかし棟梁の子が棟梁になっていいものか。俺はよく考えた。帝ならば尚更だと思う。後醍醐帝は執念だけで帝の地位を引き寄せられたようなものではないか」

「尊氏殿は帝をあまり評価されておられぬようですな」

「はっきり言ってそうだ。我欲ばかりが強くて周囲に気を配られることもない。あれほど帝のために戦った大塔宮様や正成殿そして赤松殿も用が済めば冷たく扱われる。更に戦続きで民が疲弊しているのに内裏の造営とは何を考えておいでなのだ。あれでは天下は治まらぬ」

尊氏は微妙に表情を変えた。

「そもそも俺は帝のためというより武家を新たな段階に導くために蜂起した。そのために綸旨も利用した。大義名分としては何ものにも代え難かった。勘違いなさるな正成殿。俺は帝が嫌いと言っているわけではないぞ。不思議なことに俺は帝の前に出ると何も言えなくなるのだ…」

正成は尊氏に確認しておきたい人物がいた。

「もうひとり源氏の棟梁の流れを汲まれる人物がおられます。新田義貞殿です。尊氏殿は新田殿と組まれる気はありませんか?」

「小太郎か…」

尊氏は言葉を続けず、話題を戻した。

「大塔宮様も正成殿も後醍醐帝に幻想を抱きすぎた。この国に古来より続く〝天皇〟という制度と混同された…。円心殿は帝を見切った。性格の差かな？」

正成が切り返した。

「尊氏殿ならば見切れますか」

尊氏は、なぜか正成には話しやすそうであり、ついつい口数が増える。

「帝の前に出ると何も言えなくなるのはなぜか？ 俺はあのお方がきっと好きなのだ。酷い方だと思っても、どこか好きなのだ。ゆえに見切れないかもしれぬな」

（この男は、驚くべき周到さと同時に、全てを包み込むような大らかさを持ち合わせている）

素直に語る尊氏に正成は好感を持った。

「俺はいずれ、後醍醐帝と争うことになる。武家のため、民のために力を尽くせば、必ずや帝と相交えることになる。俺にはそれが見えておる」

尊氏は悪党を思った。

「正成殿は武家のためにという言葉は聞き捨てならぬであろうな。この国から武家をなくして朝廷軍だけにしよう、という立場からはとんでもない考えに思えるかもしれぬ。しかし俺は思うのだ。泰平の世が続かぬ限り、早急に武家をなくすのは余りに時期尚早だと…」

「やはり五十年くらい泰平の世が続かねば、人の心は丸みを帯びませぬか…」

　正成は尊氏が言うことにも一理を感じざるを得ない。

「そこで新田の小太郎だが、先祖を辿ればいずれも八幡太郎義家公を祖先に持ち、しかも小太郎の先祖は俺の先祖の兄筋にあたる。しかし新田家はその血筋に誇りを持ち過ぎて北条執権家に傲慢に接したがために疎《うと》まれてのう…以来萎《しぼ》んでしまったと聞いておる。今般の鎌倉攻めの折には小太郎が総指揮を執り鎌倉を攻め落とした。いわば倒幕の第一貢献者にも拘わらず、諸将らは小太郎からではなく俺の倅《せがれ》・千寿王から競って証判を貰おうとした。斯様に御家人間での信望も今一つである。故に小太郎は帝に取り入った。帝も大塔宮様に代わる戦の専門家が必要だ。そこで小太郎を側近となされた」

（それでは朝廷軍が新田殿で、武家の棟梁の尊氏殿と戦うことになる。義貞殿と尊氏殿が逆の立場でなければ帝に勝ち目は無い…）

　戦う前から、正成は源氏一門の相関図を脳裏に浮かべながら悲しいほどそう思った。

　尊氏は話題を変えた。

「正成殿は建武政権樹立の第一の功労者ということで勲章を授かろう」

「そんな勲章、私はいりませぬ」

「さすれば正成殿の望みは？」

「突き詰めれば物流です。陸運、海運、水運を、私は仕切りたい。商いが、やがて農業に匹敵する国の力になる、と私は思っています。武家はそう容易く領地を離しますまい。そうであるならば、朝廷軍を賄うのは土地からあがる税だけでは足らず、銭が必要になる。商いで銭を蓄《たくわ》えるのです。『朝廷軍あらば武家の武力は必要ない』、と誰もが思うようにならねばならないのです。たとえ時間は掛かろうとも…」

「見事な夢だな。正成殿ならば出来るかもしれぬな」

　尊氏は、茶を啜《すす》った。

「キョッ、キョ、キョ、キョ」

庭先の時鳥《ほととぎす》が甲高く鳴いた。

「俺は、貴殿や大塔宮様、赤松殿らが、正に六波羅を倒そうとしている時に、横から割り込んで戦果を独り占めにしてしまった。その点は許してくれ」

「尊氏殿、気になさいますな。それは巡り合わせにございます。武家の棟梁としての尊氏殿は強運をお持ちだということでございましょう」

「俺は天下を賭けた戦いなどしておらぬ…。にもかかわらず、平氏の北条が倒れた今、源氏の棟梁たる俺のもとに武士団は集まってきている」

「それも巡り合わせ」

「俺が篠村八幡宮で蜂起したのは、全国の御家人どもから北条政権への怨嗟《えんさ》の声が高まってきたからだ。北条政権さえ御家人の面倒を確りみてくれていたらきっと俺は蜂起しなかったと思う。北条政権下の一武将として生を全うしたであろうよ」

尊氏は正成に興味津々である。

「帝が全国を一律に統治する世。それを担保するための朝廷軍。正成殿はそうお考えのようだな。武家が当たり前の俺にとっては、生涯で最も大きな驚きだ」

（流石に本質をとらえるのが早い）

　正成も尊氏に非常に興味を持った。

「私も元はと言えば御家人の出でございます。武家の力がどれほど強いものか身に染みております」

「わずか八百の楠木軍を、百倍以上の大軍で数ヵ月攻撃しても落とせなかったのもまた武家ではないか。土地を失った瞬間から武家は脆弱になる。正成殿の言われる通りだ。しかし、繰り返すが武家をなくそうと考えるのは数十年早かったようだな。大塔宮様も…」

　深まった会話の流れの中で大塔宮の現況に触れようとして、尊氏はすぐに演技とわかる大げさな仕草で口を噤《つぐ》んだ。

（そうか、尊氏殿は大塔宮様の処断が近づいていることを知らせに来てくれたのだ）

　尊氏に対する親愛の情が芽生えてきた。同類の男の臭いを感じた、ともいえる。

「京の夜は冷えるな」

　言い残して尊氏は帰って行った。

正成には尊氏という男が分かりはじめた。

（尊氏殿は不意に頂点に立ってしまわれたのだ。鎌倉幕府の頃は北条一門の間を上手く立ち回っていればよかった。それが今度の戦で帝側に翻った途端に、急速に人心を失っていた得宗家（北条氏）から源氏棟梁たる尊氏殿のもとに御家人どもが翻り、瞬く間に幕府を打ち破られた。それで気づいたら己が頂点に立っておられたということであろう）

「天下を取るための戦は行っていない」

という尊氏の言葉が耳に残った。


尊氏の来訪からひと月後、大塔宮捕縛の報が届いた。

名和長年、結城親光の手によるという。三位局の意向を受けたものであることは明白だ。

三位局の背後には師直を通して尊氏の影が透けて見える。

「それで帝は？」

正成の問いに祐清が京で得た情報で応じた。

「帝は大塔宮様に痛くご立腹だったとのことです。自らの帝位を脅かす不届き者と罵られた由」

「馬鹿を言え、大塔宮様が帝位を望まれたことなど一度もないではないか。寧ろ、帝の権威を守ろうと自らが盾となって、尊氏殿と鬩《せめ》ぎあっておられたではないか」

いつもは冷静な正成が、この時ばかりは思わず祐清を怒鳴った。

「帝が己の首を絞められただけのことではないか。もはや帝の権威を守りうる確たる力はどこにもない。何故に帝はそのことに気づかれぬのだ」

(情けない)

後醍醐帝の愚かな行為を正成は憎んだ。

処分の決定は早かった。

「大塔宮は流罪とする。流罪先は鎌倉……」

鎌倉が流罪先である。

「後醍醐帝はご子息の大塔宮様を足利方に売り渡されたそうな」

京雀が騒がしい。

（そこまでやられるのか）

正成は唇を噛んだ。

（鎌倉へ送るということは単なる流罪ではなく、処刑するというのも同然ではないか）

第六章　反旗

（一）　中先代の乱

後醍醐帝による「建武の新政」に対する反乱は、まず滅ぼされたはずの北条氏の残党から起こった。「中先代の乱」である。建武二年（一三三五）七月、鎌倉幕府最後の得宗であった故北条高時の遺児時行が、幕府再興を叫んで立ちあがったのである。

時行は信濃国（長野県）で建武体制に不満を持つ諏訪氏の力を借りて兵を挙げ、勢力を拡大しながら快進撃で鎌倉を目指した。逆賊となり権力の全てを剥奪された北条氏を支持する者が多数出たことは建武体制に深刻な衝撃を与えた。

前兆は京でも起こっていた。

鎌倉幕府と親密であった公卿の西園寺公宗《きんむね》が後醍醐帝の慣例無視の政に不満を募らせ、後伏見院による伝国宣命という形式で持明院統から新帝を即位させようとしたのである。そのためには後醍醐帝暗殺も辞さない覚悟でいた。

しかし失敗に終わった。身内からの裏切りが出たのである。異母弟の公重《きんしげ》の密告により計画が発覚し、公宗は捕らえられクーデターは頓挫した。

相続制度の変更が背景にあった。鎌倉時代末期以降それまでと異なり武家も公家も被相続人は一人のみ（通常長男）と改められたのである。ゆえに公重は被相続人となるために兄を売ったのだと京雀は囁《ささや》き合った。

この機を、尊氏は逃さなかった。

「直義、すまぬが鎌倉へ行ってくれぬか」

そして兄弟密談の場を持った。

「直義よ、存じておろうが信濃で北条時行らの北条氏残党どもが蜂起したそうだ。これを利用せぬ手はない」

戦の臭いが漂うと天性の才と感が蠢《うごめ》き出す尊氏である。

「だがしばらくは動くなよ。さすれば奴らは勢いづくはずだ。鎌倉まで攻め上がるに違いない」

尊氏は含み笑いを浮かべた。

鋭利な直義はすべてを理解し、結論を先んじた。

「兄者は〝建武の新政〟への反旗そして後醍醐帝追放を決心されたのですな」

直義は後醍醐帝の他人に対する扱いに嫌悪感さえ抱いており、許容しようと努力する前に、彼の潔癖感は後醍醐帝の人柄に反発してしまうのである。直義の表情が晴れやかになったように尊氏には感じられた。

「一旦逃げるのですな。分かりました、その時は勇んで鎌倉を捨てましょうぞ」

戦術の話に移った。

「直義、見事な負けざまを披露するのだぞ。そして三河まで撤退しろ。三河はわが足利家の領地、そこで防戦している振りをしておけ」

「兄者の京脱出の口実とするのですな」

「後醍醐帝にしてみれば、俺が京を離れるのは不安な筈だ。そもそも帝は俺が武家どもに証判を与えていることを快く思っておられぬ。天皇親政にとって『武家はただ朝廷に従ってさえおればよい』とのお考えだからな…」

「故に、兄者が京を離れれば、帝は裏切りと見做されると…」

「もう、とっくに裏切っておるのだが…。帝は親政をご所望だが、俺は機能しなくなった鎌倉幕府・北条政権に取って代わって新たな幕府を創設することが義務だと思っているのだからな」

（兄者は何かに目覚められたな）

「ともかく鎌倉に帰って将来の構想を描くつもりだ。いいか三河国矢作で合流したあと、一気に反撃に出て、反乱軍を撃滅する。なあに破竹の進軍となるだろうよ。なにせ、本来ならば直義軍だけでも訳なく勝てる戦なのだからな…」

尊氏は苦境に陥った弟の直義救出を理由に後醍醐帝に出陣を申し出た。あわせて朝廷による征討軍派遣と権威付けすべく〝征夷大将軍〟の称号も欲した。

虎を野に放すことを恐れた後醍醐帝はあれこれと理由をつけてこれを認めない。

（朕が帝の権威で強力な武力を持ってさえいれば、殺傷に血塗られた穢れ多き武家どもを頼ることもなかろうに…）

後醍醐帝は自己矛盾に陥っている。

思惑通り直義が緒戦敗退を演じて鎌倉が北条軍に占拠されると、後醍醐帝に見切りをつけた尊氏は勅許を得ずに鎌倉に向けて出陣した。予定通り三河国矢作まで退却してきた直義と合流して戦闘態勢を整えた足利軍は、素早く反撃に移り遠江・駿河の各地で時行軍を蹴散らしつつ一路鎌倉を目指した。

足利軍が箱根に差しかかると、怖気づいた時行軍は鎌倉を放棄し信濃に向け遁走した。

「もはや戦いは峠を越えましたな、兄者。遠慮は無用ですぞ」

直義の気遣いに礼を述べて、尊氏は夢窓疎石に庇護されている家族の息災を確認すべく甲斐の恵林寺に向かった。

「おう千寿王、随分と大きくなったなあ」

息子の成長に目を細めた尊氏は、母の禅尼清子《せいし》、妻の登子《とうし》、義妹の郁子《いくし》（直義の妻）に挨拶を済ませると、早々に戦陣に戻った。

破竹の勢いで鎌倉を占領した足利軍は、要所を固めると、臨済宗建長寺派寺院であり竹林が見事な「竹の寺」報国寺を拠点とした。

気掛かりなことがあった。

「直義よ、大塔宮様の御身柄はいかようになしたのか」

「大塔宮様とはこの三か月の間、忌憚のない会話を続けてきもうした。後醍醐帝に無残に見捨てられた宮様ではあったが、私はその一途さにいつしか惹かれていった」

直義の表情が曇った。

「しかしながら大塔宮様は我ら武家を否定されておられる。ましてや北条時行の旗幟とされたら厄介じゃ。まことに無念なるも生かしておく訳には参らなんだ」

直義は大塔宮との最後の会話の場面を瞼《まぶた》に浮かべた。

「巷《ちまた》では、『大塔宮様は東光寺（現、鎌倉宮）内の土牢に押し込められ、武家どもによる虐待を受けて嬲《なぶ》り殺しの目に遭われた』かのように言われているが、それは建武朝廷勢力による事実無根の作り話じゃ」

直義は、後醍醐帝により鎌倉へ流された大塔宮を丁重にもてなし、六畳間を座敷牢として拵えた上に食事も直義と同じ献立とした。更に、屋敷の出入り口は厳戒態勢をとりながらも屋敷内は自由に動き回れるようにしていた。また宮御寵愛の御方を都から呼び寄せて日常のお世話をさせる等、親王に対する礼も忘れずに処遇していたのである。

「宮は、『腹黒き味方は心直ぐなる敵にしかじとか。争い合うものに討たれるは時の定め…。むしろ護良が今際《いまわ》に臨んで、心底より恨みたてまつるは、奸婦佞臣らの讒言を信じ、大功ある我が子を捨てし父上、後醍醐帝なるぞっ！』と思いの丈をぶつけられた」

直義の表情から翳りが消えた。

「分かっておいでなのだと胸の支えが下りた思いだった。幽閉所の東光寺（現：鎌倉宮）を大塔宮様の菩提所と定め、住職に年忌法要を手厚く行うよう沙汰してきた次第じゃ」

「わかった」

尊氏も東光寺に向けて両手を合わせて黙礼した。

（二）和睦模索

後醍醐帝はいらだちを隠せない。

再三再四にわたり帰京するよう命じているのだが、尊氏は鎌倉を離れようとしない。それどころか幕府創設に向けて準備を始めているという。しびれを切らした後醍醐帝は遂に尊氏追討軍派遣を決した。

建武二年（一三三五）十一月十九日、新田義貞を総大将とする足利討伐軍六万が京を進発した。

新田軍は大軍の圧力で尊氏・直義軍を撃破しつつ伊豆・箱根に差しかかった。鎌倉はすぐそこである。

その時、潮目が一気に変じた。帝の綸旨に召されて惣領の名代として一族および豊後（大分）武士団を率いて朝廷軍に加わっていた大友貞載《さだのり》が尊氏の誘いに応じて足利軍に寝返ったのである。〝箱根・竹之下の戦い〟で敗れて伊豆に退いた新田軍は〝佐野山の戦い〟でも背後を突かれて総崩れとなり東海道を京へ向けて潰走しはじめた。

ここが好機とばかりに追撃を始めた足利軍は、近江、八幡、大渡での戦いでも勝利し、琵琶湖畔の勢田（瀬田）を押さえると、翌日には琵琶湖西岸の長等山園《ながらさんおん》城寺《じょうじ》（通称：三井寺《みいでら》）に陣幕を張った。

正成は迫りくる非常事態に対処すべく三千の兵を率いて雲母坂《きららざか》に陣を敷いた。尊氏率いる足利本隊三万が膳所《ぜぜ》を突破して洛中へ進攻する構えを見せたからである。

「兄上、三千の兵で三万の足利軍と戦うのですね。千早城の戦いでは八百の兵で百倍の敵軍と対したことを思い返せば楽な戦ですな」

正季は戦いになると俄《にわか》に元気が出る。

(天性の武将なのだ)

改めて正成は正季を思う。

「ここには天険を背にした盤石な砦はないがな」

「なあに最強の楠木軍が万全の準備で待ち構えております」

正成は戦局全体を見ていた。

「正季よ、北畠顕家殿が、足利軍を追って奥州から凄まじい速さで駆けつけておられる。おそらく今般の戦いには勝てるであろう。問題はその後だ…」

諦めに似た表情になった。

「帝が我ら悪党の心を掴まれるか否か、その一点が勝敗の分かれ目になるであろう」

正成はある思いに耽《ふけ》っていた。

(俺は千早赤坂の戦いで燃え尽きたのであろうか。いや違う。あの戦いの後に、夢の続きを見ることが出来れば一層燃え上がったはずだ。それが幻だったのだ…)

思わず天を仰いだ。

(一体何をしているのだ、俺は！　親政への反乱軍の中には共に鎌倉幕府を倒そうとした同志が多数いるではないか。にもかかわらず俺は理由を確かめもせずに反乱を鎮圧する側となってしまっている)

北畠顕家が予想以上の速さで朝廷軍に合流した。

顕家は公卿というより武者であり、奥州から駆けつけた荒々しさは獣のような気配を放っている。

正成は大塔宮と初めて会った時のことを思い出した。

(そっくりだ)

だが後醍醐帝は、朝廷守護のために遠く奥州多賀城から駆けに駆けてきた顕家に対する労《ねぎら》いの言葉をかけなかった。

「朕は親政を成功させたい。汝らはそのために死力を尽くすべし」

〝おことば〟はそれだけだった。


「私は楠木殿と共に戦いたいのだが……」

軍議が終わると顕家がそばに寄ってきた。

「新田殿とはご遠慮したい」

とは流石に言わない。

「北畠様と新田殿は、足利軍の側面を突いてください。楠木軍は得意の奇襲戦法で雲母坂より後方を衝きます」

「流石に楠木殿、抜群の戦術眼、見事なものだ」

顕家は一目で正成の人物に惚れ込んでしまった。

「北畠様、多賀城からの行軍はさぞやご苦労を伴いましたでしょう」

「『走ることが戦である』、兵たちにはそう言い聞かせてきました。力尽きて倒れ込む兵は見捨てました。もっとも千早赤坂での楠木殿の戦いに比べれば足下にも及びませんが……」

顕家は若い。狂おしいほどに純粋でもある。

「兄上、やる気が出てこられたようですな」

正季が恍《とぼ》け口調で揶揄《からか》った。

「奥州からぶっ通しで駆けつけられた北畠様に報いるためにも、この一戦命がけで戦いたいと思っている。それが、あの行軍に対する礼であろう」

建武三年（一三三六）一月十六日未明、北畠・新田の主力軍は三井寺から洛中を目指す足利軍の両脇を衝いた。正成の雲母坂《きららざか》からの後方攻撃も加わり一時は勝利したかに見えたが、足利軍も必死に押し返して戦闘は膠着状態となった。

北畠軍はこの機に強行軍の疲れをとった。

顕家は正成に聞きたいことがあった。

「帝は大塔宮様を何故に鎌倉流罪とされたのですか。それでは、初めから処刑させるつもりだったとしか思えません。仮に大塔宮様が奥州流罪となれば、どれほどの力になって頂けたか、考えるほどに口惜しい…」

「…」

正成は大塔宮の話をしたくはなかった。思いの丈を語っても、悔いることしかないのだ。

（顕家様と出会えてよかった。大塔宮様、顕家様、尊氏殿、この三名にはそれぞれに何とも言えぬ魅力を感じてしまう）

顕家との語らいに心が洗われる思いであった。また敵対していても尊氏に魅力を感じる己に不思議を感じた。

二十七日に再度の総攻撃が始まった。北畠軍が押込み、新田軍が正面を突破し、正成は側面を乱した。

足利軍が南へ下がり始めた。更に押すと、ついに潰走を始めた。

朝からの戦いで馬は疲れ切っていたが、退却する敵を追撃せぬ手はない。

正成軍が間道を突き進むと、前方に二十騎程が立ち塞がった。みな若く、華やぎもある。

（花一騎だな。ということは、尊氏殿は近くにおられるはずだ）

花一騎を一瞬にして薙ぎ倒し、さらに疾駆すると三十人ほどの御供に守られた騎馬武者を発見した。

「尊氏殿だ」

尊氏も正成に気付いた。

楠木軍は逸《はや》る気持ちを押さえて正成の指示を待った。

「攻めよ」との下知が出れば、その時が尊氏の最後だ。

静かな時が流れた。

「京へ戻る」

正成の指示に誰も何も言わず、後方の騎手から踵《きびす》を返した。


正成は足利軍追討の命令を受け、尊氏をギリギリまで追い詰めながら友軍の新田軍にすら断わりもせず、楠木軍のことは正季に任せ、祐清のみを連れて飄然《ひょうぜん》と京へ立ち戻った。

そして後醍醐帝御座所の御簾を前に頭を垂れて言上した。

「お上、北畠様のご奮闘で足利勢を退却させた今こそ、足利殿と和睦を結ぶ最良の時でございます。ご覧下さりませ。武家方の諸将はいわずもがな、宮方恩顧の武将までが勝利したわれ等よりも西国に退きし足利殿のもとに馳せ参じております。これをいかに思し召さんや。武力と人望を兼ね備えた足利殿を味方につけなければご親政は頓挫の恐れありと愚考仕ります。使者には不肖正成をご指名くださりませ。新田殿を見限ってでも足利殿と組むべきにございます！」

（ここは是が非でも帝に聞き入れて頂けねばならぬ。さもなければ「建武の新政」は持ちこたえることが出来ぬ！）

「愚かなことを申すな。義貞はこのたびの当方勝利の大貢献者だぞ」

「いずれ足利殿は九州の地で勢力を貯えて再び攻め上って来るは必定。ご親政の成功を確かなものとするには、…是非にご叡慮を賜りますよう」

「一応考えおこう。下がってよいぞ、正成」

後醍醐帝は「建武の新政」樹立の大功労者である正成には強くは当たらぬものの、その意見に耳を貸そうとはしなかった。

そして毎夜の如く祝宴を開き、一時の戦勝気分に酔った。義貞も欠かさず参内した。

　そして後醍醐帝は倒幕戦の功労に報いるためとして、自らの愛寵である勾当内侍《こうとうのないし》を妻の一人として義貞に授けた。

（三）「武家の英雄」と「悪党の英雄」

　篠村八幡宮は足利軍で膨れ上がった。

（思い返せば北条得宗家に反旗を翻し六波羅攻撃に踏み切ったのもこの地であった。そして今は敗残の将としてここにいる）

　身の変転の早さを感ぜずにはいられない。

　建武の新政に見切りをつけた赤松円心が尊氏および足利軍を護衛している。

「奥州軍があれほどに早く京に着くとは考え及びもしなかった」

　尊氏は敢えて言い訳をした。顕家の行軍はそれほどまでの驚くべき素早さだったのである。

　円心は尊氏の気持ちを和らげるべく言った。

「それに正成殿のあの動きも驚きです。三千の兵であそこまで統制のとれた神出鬼没な戦い方をされたらたまったものじゃない。千早赤坂籠城戦での幕府軍の苦労が偲ばれまするな」

足利軍は前回出陣の際は笠置山攻撃の後詰めを受け持ったため、千早城攻撃に加わらなかった。ゆえに楠木軍の神出鬼没の動きは夢でも見ているかのようであった。

「最後は正成殿に助けられた。〝雲母坂の戦い〟で敗走した俺を追い詰めたのに何故に見逃してくれたのか、俺にはわからぬ。正成殿一流の戦術なのか…」

円心は悪党として正成の気持ちがいやというほど理解できた。

「さまざまな想いが交錯されたのでございましょう。帝がこの国を統治できる器でない以上、尊氏殿を殺さずに味方に取り込みたいという思い。そして尊氏殿を好きだという思い…」

「しかし俺の首を確実に取れたのだぞ」

「尊氏殿の首をとれば、帝はますます専横を極め、武門の沙汰は義貞殿がなすことになります。そういう世に正成殿はしたくなかったのです」

円心は声を詰まらせた。

「正成殿が昨今において帝の命により平定している相手は、かつて同志として戦った仲間達なのです。何年も苦しい戦いを続けてきたのは一体何のためだったのかとの思い、大塔宮様とともに描いた夢はどこに消えてしまったのだという喪失感、その大塔宮様さえも今はもうおられぬ虚しさ…。金剛山で楠木正成という人物は命の限りを燃やされた。そして…」

「そして燃え尽かれたということか？」

「諦められたということでございましょう。ご親政の愚劣さが、大塔宮様の死が、正成殿の諦念を誘ったのだと思います」

尊氏は空を見上げた。

(それにしても何故正成殿は俺を助けたのか)

円心に何と説明されようと正成の心の奥を理解できなかった。

「円心殿、正成殿に使者をたてたい。俺とともに新しい国を作ろうとな…」

「止められた方がよい。正成殿の心底の傷口に塩を塗ることになります」

円心は言葉に力を込めた。

「尊氏殿の構想を、この国の将来図をお示しになられるとよい。それが正成殿の傷を和らげることとなりましょう」

尊氏がにやりと笑った。気持ちが収まったのであろう。相変わらず気分転換が早い。

「円心殿、畿内や西国の武士に書状を認《したた》める。俺は後醍醐帝のご親政の過ちを改めるべく幕府を作る。民百姓が楽しく暮らせる世を作る。俺とともに汗を流して欲しいとな」

「尊氏殿、あなたは英雄だ。単に源氏の嫡流というだけではなく、生死の境で大局を捉えておられる。たぶん、『武家の英雄』である尊氏殿を、『悪党の英雄』である正成殿はよく理解しておられた。そういうことなのでしょう」

円心も英雄に近い。三人の中で一番冷静に現況を捉えている。

「尊氏殿には錦旗が必要です。先日来の戦いでは、楠木・新田・北畠軍には、後醍醐帝の〝綸旨〟がありました。尊氏殿は逆賊だった。故に旗幟不鮮明な武家どもは敵軍に流れました」

「円心殿、俺にどうしろというのだ」

円心の目が鋭く光った。

「錦旗は、唯一であれば絶対の権威を持ちます。だが錦旗が二つあれば、実力がある方が勝者となるのです」

円心は諭すような口調になった。

「ご存知のように後醍醐帝以前は、持明院統と大覚寺統から交互に帝を出されていました。後醍醐帝の独善が仇となり、今は両統の関係が頗《すこぶ》る悪い。そこを突いて持明院統の光厳院から〝院宣〟を授かればよろしかろう。さすれば足利軍も錦旗を掲げる官軍となります」

尊氏の声が弾んだ。

「恐ろしい男だな、円心殿は！ 俺は朝廷の内情に疎く、そこまで考えが及ばなかった。光厳院の院宣か。すぐに頂けるものなのか？」

「私は悪党として常に利の在処《ありか》を考えているだけです。尊氏殿さえ望まれるならば手筈を整えます。なあに、間違いなく院宣は出ましょう」

「天下に二つの錦旗か。面白い。進めてくれ、円心殿。俺が幕府を建てた後に、両統間を調整すればいいだけのことではないか」

「承知いたしました。すぐに手配いたしましょう」

円心は間髪を入れずに光厳院に仕える日野資名《すけな》と連絡を取った。


「なんだと、新田殿はまだ白幡城攻撃に拘《こだわ》っているだと……！」

建武三年（一三三六）二月十一日の摂津〝豊島河原合戦《てしまがわらがっせん》〟で足利軍を打ち破った新田軍が西に向かわずに白幡城攻撃を続けているとの使者の報告に顕家は怒りに震えた。

「はっ！　新田様によりますと赤松様に騙されたとの由。『播磨職安堵の綸旨をもらえば朝廷側に味方する』との赤松様の言葉を信じて手続きを進めていたところ、十日ほどして『愚か者、あれは尊氏殿退却のための時間稼ぎだ』とあざ笑われて激昂され、次々と攻撃を仕掛けられている由にございます」

「新田殿が足利軍を追撃すべき山陽道から白幡城は大きく逸《そ》れているではないか。無視すればいいものを円心の罠に嵌《はま》りおって……！」

「正成殿と義貞殿それに私が三方面から一挙に追撃せねば、足利軍を取り逃がしてしまうぞ」

大局を弁えぬ義貞を見るにつけ、

「新田殿に従ったところで、所詮理不尽な帝に苦しめられるだけだ」

諸国の武士はおろか新田軍の配下にあった宮方武将でさえも義貞を見限り、

「武門の沙汰はすべて自らがなす」

と高らかに宣言した尊氏のもとへわれ先にと馳せ参じていた。

わずかな期間ではあるが親政を経験した武家は、その理不尽さを身に沁みて感じてもいたのである。

その心の隙を尊氏は突いた。

顕家の再三の督促で義貞が白幡城攻撃をやめて西へ向かった時は、足利軍は鞆浦《とものうら》から九州に向かう船団の手配を終えていた。

第七章　湊川の戦い

(一)　院宣

光厳院《こうごんいん》は筆に渾身《こんしん》の力を込めた。

『綸旨《りんじ》』

広義門院《こうぎもんいん》がよろめきつつ封書に手をかけた。

「お上《かみ》、お気持ちお察し致します。さぞやお悔しいことにございましょう。この母とてそうじゃ。両統迭立《りょうとうてつりつ》の秩序に則り、やっと回ってきた帝の座を、後醍醐帝の私利私欲によってお奪われになられたのじゃ。いくらお優しいお上とて流石にその理不尽さにお怒りなさるのは当たり前じゃ」

広義門院は溢れ出た涙を懐紙でそっと拭った。

「じゃが、分《ぶん》を弁《わきま》えねばこの国の秩序が乱れます。一時期たりとも帝の地位に就かれたお上ならば、お分かり頂け…」

悔しくて悲しくて言葉にならない。広義門院は大きく息を吐き気持ちを静め、末尾を締めた。

「お分かり頂けましょうとも！」

そして、間髪を入れずに凛として箴言《しんげん》した。

「『院宣《いんぜん》』とお書きなさいませ！」


光厳院は御年二十四歳。院などと隠居臭く呼ばれても実態は血気盛んな若者であり、御年四十九歳の後醍醐帝とは親子ほどの年の開きがある。若いだけに後醍醐帝への憤りは更に激しい。

「母上様、そうは申されましても、両統迭立《りょうとうてつりつ》実施の前は、嫡男の家系たるわが持明院統こそが嫡流であり、大覚寺統は庶流に過ぎなかったではございませんか。後嵯峨院なる四代前の帝が、長男（久仁親王十六歳ののちの後深草帝、持明院統）よりも次男（恒仁親王十歳ののちの亀山帝、大覚寺統）を偏愛されたことが事の起こりと申します。秩序の乱れを鎮めるために、承久事件*1時の例に倣って鎌倉幕府執権北条時宗が皇位継承に介入して定めた制度と聞き及んでおります」

光厳院は、抑えきれぬ気持ちを言葉にした。

「しかも後醍醐帝は次男です」

（両統迭立などという変則的な皇位継承ではなく、皇位が正しく嫡流の家系に受け継がれていたとすれば、後醍醐帝など部屋住みの一皇子で終わったはずだ）

温厚な光厳院は心で呟《つぶや》いた。

（朕《ちん》こそ帝の地位にいてしかるべきなのだ）


光厳院により『院宣』と修正された封書を、広義門院は傍らに控えていた権大納言日野俊光に恭しく両手に抱えて差し出した。

「これはお上の御手による院宣である。いち早く備後鞆浦《とものうら》で待機中の足利尊氏殿のもとに届けるようお手配下され。くれぐれも大覚寺統の方々に気付かれぬようにな…！」

「ははっ！　承知仕りました」

俊光は菩薩寺大僧正三宝院賢俊《さんぼういんけんしゅん》を呼びにやらせた。秘密裏に事を進めるためには、出家しているわが子に頼むほうが安全であろうと考えた上でのことであった。

「恐れ多くも上皇様より『院宣』をお預かりした。これを至急鞆浦に陣を敷いておるであろう足利殿のもとに届けよ」

　俊光には算段がある。

（光厳院は持明院統のお血筋。〝元弘の変[*2]〟により後醍醐帝が失脚されてから帝の位に就かれたが、鎌倉幕府の滅亡とそれに続く後醍醐帝復権により帝の位を剥奪されておられる）

　武家の現状を秤にかけた。

（一方、武家最高の血筋を誇る源氏の棟梁足利尊氏殿が『院宣』を欲しておる。ここで恩を売っておけば足利殿が復権を果たした折には日野家は窮地を救った家として将来にわたる栄華を約束されよう）

　俊光は後醍醐帝への恨みも忘れられずにいる。

「吾《われ》は日野家繁栄のため、後醍醐帝にそなたの兄の資朝《すけとも》を仕えさせていたが、〝正中の変[*3]〟で鎌倉幕府に睨《にら》まれると、帝は資朝やそちの従兄《いとこ》の俊基《としもと》のせいにして〝朕は知らぬ存ぜぬ〟で通された。そののち吉田定房殿の密告で発覚した〝元弘の変〟において二人とも断罪に処せられた。帝も隠岐島へ流されたとはいえ、その酷い仕打ちは生涯忘れることが出来ぬ」

三宝院賢俊は、暗闇を突いて鞆浦の足利軍の陣に入り尊氏本人に直接『院宣』を手渡した。

「三宝院様、尊氏は九死に一生を得た思いです。このご恩を終生忘れは致しませぬ*4」

建武三年（一三三六）二月、光厳院の院宣を得た尊氏は朝敵・賊軍から官軍に立場が変わり、反転攻勢の地と思い定めた九州へ堂々と向かうことが出来た。

（幸いわが軍には大友一族の戸次頼尊《べっきよりたか》、志賀頼房らが伊豆佐野山の戦い以来付き従ってくれている）

同年三月一日、足利軍は筑前国芦屋の津へ上陸し、翌日には多々良浜に布陣した。

途中立ち寄った長門国赤間関（下関市）で出迎えた少弐頼尚《しょうによりひさ》兄弟の率いる五百余騎を加えて三千騎足らずで、迎え討つ朝廷側の菊池武敏らの六万余騎と対峙した。

軍勢で劣る足利軍を〝地の利〟と〝天候〟が味方した。響灘《ひびきなだ》から吹き上げる激しい北風を背に弓矢合戦で優位に立ち、勢いそのまま砂塵を巻き上げて突撃すると菊池軍の陣形がわずかに崩れかけた。そこに裏切りが追い打ちをかけた。綸旨に応じて朝廷軍に参加していた松浦党が俄に足利陣営に寝返ったのである。前後を挟まれた菊池軍は総崩れとなり、たった一日の戦闘で肥後へ逃げ帰った。

大勝した尊氏は大宰府に入った。そして九州各地の武家・武士団に「足利軍のもとに結集せよ」との催促状を発した。

〝多々良浜の戦い〟を伝え聞いた九州各地の武士団は競って尊氏のもとに馳せ参じた。

そこへ赤松円心からの書状が届いた。

「九州での反転攻勢の報を知った都の武家や民は尊氏殿の帰還を心待ちにしております。上洛は早い方がよろしかろう」

「一色範氏《いっしきのりうじ》、そなたを総大将として大友、少弐、松浦党の軍勢をつけるので、九州の掌握を任せたぞ」

言い残して尊氏が上洛の途についたのは四月三日であり、九州上陸から一か月後のことであった。足利軍はいやがうえにも膨れ上がり、数十万の軍勢で怒涛の如く都へ攻め上った。

承久事件[*1]…承久の変。後鳥羽院が鎌倉幕府執権北条義時に対して討伐の兵を挙げたが敗れた事件

元弘の変[*2]…元弘二年（一三三一）後醍醐帝による二度目の倒幕計画。吉田定房の密告で発覚

正中の変[*3]…元享四年（一三二四）後醍醐帝が腹心の日野資朝・俊基らと倒幕を計画した事件

将軍家と日野家[*4]…尊氏は義理堅い男である。これより日野家は足利将軍家に代々正妻を送り込むことになった。第八代将軍足利義政の妻日野富子などはつとに有名である。

（二）正成逝く

「足利兄弟、少弐・大友・島津らの諸豪に迎えられて九州を席捲。大小六千余の船団を組んで数十万の大軍で上洛中」との〝飛報〟が宮中に齎《もたら》されたのは建武三

年（一三三六）四月半ばであり、尊氏が京を撤収してからわずか二か月後のことであった。

勝利に酔いしれていた宮中を一瞬にして暗雲が覆った。後醍醐帝に戦略などあろうはずもなく、すべてが後手に回った。ともかく義貞を兵庫の津に向かわせ、正成には湊川への出陣を命じた。

正成は三名の息子を連れていた。桜井の駅（宿）に着陣すると、嫡男正行《まさつら》を野営に呼んだ。

「正行よ。弟二人は父を見送りに来ただけなのでここ桜井駅までとして河内へ帰すが、そなたも二人を守って帰ってくれ」

正行は父正成に激しく詰め寄った。

「私は若輩ではありますが、元服を済ませ、朝廷より任官の内意まで頂いている身です。何故に、此度の大事な戦にお供をしてはならないのですか？」

「なあ正行よ。比べてもみよ。千早赤坂の戦いでは、百倍もの敵を相手に一歩も引かなかった父も、このたびの湊川の戦いでは惨めに敗れ去るであろう。同じ父、同じ正成であるぞ。異なるのは時勢のみ。楠木一族は後醍醐帝に味方することで悪党の世を夢見た。しかし、王政復古のご政道が世の不安を取り除くことも、人に満足を与える力もないことが露《あら》わとなった」

正行は立派な若者に成長している。

「なるほど合戦には時勢の流れも必要かもしれません。しかし、まさに父上が千早赤坂でお示しなされたように、将の戦略・戦術が優れ兵の善戦があれば勝利は得られます。末端の勝利が時流を作り、その流れが時勢を決めるものだと正行は信じます」

夜空には満天の星が輝いている。

「その父が奏上した戦術が二つあった。一つは足利殿と和議を図るべきこと、一つは叡山の山門へお移りなさること。いずれも千種卿らの廷臣に覆されてしまった上に、あろうことか『これまでの我らが勝利は諸将の武略の優れたるに非ずして、〝神風〟が吹いいたためだ』と言い放たれたのだ」

(父上が泣かれている)

と正行は思った。

「一方では、一介の土豪に過ぎなかった楠木家が、河内・和泉二か国の守護となれたのも、時の巡り合わせとはいえ、後醍醐帝の恩寵であるのも事実なのだ」

正成は、正行の両肩を両手で掴んだ。

「父は死ぬ。帝の恩に殉じて父は死ぬが、それは父のみの感傷に過ぎぬ。汝らは生きよ。生きて子孫の後栄を計れ。それこそが父への孝行だ。時勢は動く。その流れに逆らう愚かさを父は悟った。愚を愚と知りながら死にゆく戦場へ、わが子を道連れにする気にはなれんのだ」


建武三年（一三三六）五月、備後国鞆に到着した足利軍三十万騎は、海陸に分かれて進発した。尊氏を総帥とする海上軍は師直以下関東より従軍し続けてきた宿老たちに瀬戸内水軍が水先案内として加わる。直義を主将とする陸上軍には師泰以下、少弐・大友・島津らの九州の諸将に加えて長門・周防・安芸・備前・備中の諸侯が従う。海上軍と陸上軍は、街道が海岸線に近づくたびに旗を振って合図しあい、互いの所在を確認しつつ東上を続けた。

直義が率いる陸上軍は、正成が桜井の駅で子息を河内に帰した日の夕刻に、脇屋義助の軍と遭遇し、勢いの差も手伝って瞬く間にこれを撃破した。

同月二十五日、海上軍は尊氏が乗る旗艦船を本営として海上に残し、明石の浜から上陸して陸上軍と合流し、義貞が拠る輪田《わだ》岬そして正成が菊水の旗を翻して本陣を置く湊川上流の会下山《えげやま》に向けて進撃を開始した。

「生田の浜から上陸して新田勢の背後を突け」

命じられた細川軍が湾内を東へ動いた。

海上軍を持たない新田・楠木軍は足利軍の陽動作戦に翻弄され続け、細川部隊の東進に合わせて義貞が輪田岬の陣営を離れたところへ、尊氏率いる主力軍が紺《かん》部《ぶ》（神戸）の浜に上陸し、残存兵を殲滅した。朝廷軍の兵庫の固めは、ここを起点に崩れた。

楠木軍は新田軍より北方約一里の地点に陣を敷いており、撤退の時間が充分にあったにもかかわらず踏みとどまった。

背後に敵軍が回ったことを知った正成は、

「もはや、これまで」

と覚悟を決めた。

三千騎の楠木軍は、激戦の中ですでに二百騎ほどに減じていた。

「正季よ、もう悔いは残っておるまい。最後に足利軍の本陣へ斬り込み、尊氏殿の肝を冷やして差し上げようぞ」

「兄上、おさらばにございます。楽しい人生でございました」

先陣を競って兄弟・主従は、戦陣の中に身を投じた。

（生き延びてはならぬ。足利軍の強大さを知らせて建武政権の公卿らを覚醒させ、尊氏殿との協議に動かすのだ）

正成は死の間際までも戦略家を貫いたのである。

（比佐よ、正行よ、楠木一族の将来を任せたぞ）

ここに正成は四十二年にわたる激動の生涯を閉じた。


「すぐに取り外すのだ、師泰！」

京・六条河原に晒《さら》された正成の首級を尊氏の命で取り外してきた師泰に、尊氏は更に語気荒く命じた。

「正成殿の首級は丁重に、河内の妻子のもとに送り届けるのだ。敵ながら見事な生き様を示された正成殿を…、わかったな！」

尊氏は、友の死にとめどなく流れ出る涙を拭おうともしなかった。

（三）和議

叡山を頼り東坂本に難を避けようと後醍醐帝の鳳輦《ほうれん》を先頭に、公卿・殿上人、官吏や宮方武将らの大移動が始まった。京極殿で幽閉生活を余儀なくされていた光厳院と弟君の豊仁《とよひと》親王を乗せた輦《こし》も、後醍醐帝の叡山ご動座に伴われて心ならずも従っていく道すがらである。

（本来ならば朕こそが正統の血筋であろう。それにも拘わらず北条得宗家の仲裁を受け入れて両統迭立の取り決めを従順に守ってきたのに、二度もの帝位の座に居座るとは許されるものではない…。故に尊氏からの依頼にこたえて、院宣を認め、鞆の津へ持たせたのだ）

若くして譲位させられた光厳院の後醍醐帝への憤りは繰返し湧き出す。

「足利様が光厳院の院宣を翳《かざ》して九州で兵を集めておられる」

との噂を京雀が囀《さえず》り回るに至り、京極殿の見張りが厳しくなり、遠からず後醍醐帝から何らかの処断が下されるものと覚悟はしていた。

そんな折、火花が弾けるかのような凄まじさで足利軍が上洛してきたのである。

「上洛と同時に東寺に本営を置きます。密兵数名を寄越しますので、監視の隙を狙って、東寺にお駆け込み参らせませ」

直義が放った斥候からの連絡も入っている。

「丹波口から、足利軍が攻め入ってきたぞ」

見張りの軍勢が一斉に防御態勢に入った。

「お上、こちらへ」

百姓姿に変装していた密兵らが一瞬の隙をついて、東寺の足利陣営へ輦を担ぎこんだ。

直義は、院に付き従ってきた日野資名らを丁重に労った。

「洛中はこの先戦場となります。皆さまは洛南山崎の男山八幡宮に陣を構えて院のご臨幸を心待ちにしておりますす総大将尊氏のもとに参られませ」

直義の言葉通り、直後に合戦の火蓋が切って落とされた。

数カ月に及び戦闘が続く中で、後醍醐帝側近の千草忠顕や名和長年らが討ち死にした。

「三木一草」と京雀に囃《はや》された楠木、結城、名和、千草はここにすべて散ったのである。

合戦の最中に足利方では慶事が催された。

御年十六歳の豊仁親王が、押小路烏丸の二条邸で践祚の式をあげられたのである。寿永の古例に倣い、兄光厳院の伝国宣命をもって帝位に昇られたのだ。光明帝の誕生である。

合戦の方も次第に足利軍の優勢が色濃くなってきた。

京に舞う風花のなかで、直義が尊氏に提言した。

「兄者、後醍醐院側の戦意も相当に弱まってきたようじゃ。そろそろ和議の結びどころだと思わぬか…」

尊氏・直義兄弟は、〝後醍醐院〟との呼名に、光明帝の即位を実感した。

今でも心の底では、後醍醐院を父とも慕う尊氏に異論はない。

「後醍醐院が素直に和議に応じていただけるだろうか」

「条件次第ではないか」

「兄上はいかなる条件をご提示なさるおつもりか」

「まず上皇の尊号を贈り、嵐山あたりの豪邸にお住まい頂き、御賄料も弾む。更に両統迭立を復活させ、後醍醐院のお子を光明帝の皇太子に立て次の皇位を約束する。そこまで配慮すれば院もご納得頂けよう」

直義が首をかしげた。

「何が不安なのだ、直義。言い出しっぺはお前だぞ。院は強欲なお方なので、和議に応じたふりをして裏で途方もないことを企まれる恐れありとでも考えているのか。ともかく和議の使者を差し向けてみようではないか。案ずるほどのことではないかもしれぬからな」

尊氏はすぐに三宝院賢俊を和議の使いに出した。

（四）捨てられし義貞

冬の比叡山は底冷えがきつい。

兵庫の戦いで足利軍に負けたとはいえ、新田軍はいまなお朝廷軍の中核たる地位にある。

脇屋義助は一抹の不安に苛《さいな》まされていた。

「兄上、私は兄者ほど後醍醐帝を信用しておりませんので、斥候を放っておきましたところ、どうも様子が変なのです」

新田軍にとっては今も〝後醍醐帝〟なのである。

「…」

「昨日夜陰に紛れて、高貴な風姿の僧が仮御所を訪れ、小半刻もしないうちに帰っていったと言うのです。しかも今朝早くから鳳輦を門前に出して煤《すす》を払っておられるとのこと。まさかとは思いますが、帝は我らをお見捨てになり、足利軍に降参されるおつもりではありますまいか」

「延暦寺本堂へでも参詣なされるのではないか？」

義貞はまさか後醍醐帝が裏切ることはあるまいと信じ切っている様子である。

「一応、私がこの目で見て参ります」

言うなり義助は馬上の人になった。仮御所に乗りつけ手綱を守衛に預けると、そのまま門扉を開け中に踏み入れた。

「キシッ」

水たまりが凍《い》てつく寒い朝である。

行幸の準備でざわついていた邸内が瞬時に凍《こお》りついた。

義助は女官の群れを押しのけて鳳輦の前に跪《ひざまず》いた。

「お上！　何をしておいでなのですか！」

義助は必死に怒りを抑えた。

「足利方の使者が仮御所を訪れたとの話を小耳に挟み、兄義貞に話しましたが、お上を信じきっている兄は気にするなと相手にもしません。私も根も葉もない噂であることを確認しておこうと参内するに、わが目を疑いました…」

鳳輦の取手に手をかけた。悔しさで顔が涙で崩れている。

「忠勤に励む義貞のどこにご不満がおありでございますか。すでに千名余が戦に斃れたわが新田一族郎党の姿をいかに思し召されまするや。ただひとり京へ還御あそばせて、われらをお見捨てになるのでございますか」

知らぬ間に、義貞はじめ一族郎党が義助の後ろに立っていた。

「控えおれ、無礼者！」

いつもなら叱り飛ばす後醍醐院ではあるが、この時ばかりは瞼を閉じて一言も発しない。

やがて考えがまとまったのであろうか、ゆっくりと一人一人を見回した。

「義貞と義助、近う寄れ。そなたらには追って朕の存念を書に認めて届けさせるつもりであった」

後醍醐院は落ち着きを装うべく声を低めた。

「朕が下山すれば、新田軍は賊軍となってしまうと案じているのであろう。心配には及ばぬ。恒良《つねよし》をそなたらに預ける。存じておろうが恒良は皇太子であり次の帝である。新田軍は官軍として越前を討ち取り、北陸道から大挙して京へ攻め上れ。朕も密かに兵を募り、新田軍に呼応して挙兵する。そして、再び天下の帰趨をわれらが手に取り戻そう。よいか、後日を期すのだぞ…！」

（尊氏から提示された好条件を飲まぬ手はない。一旦京に戻れば新たな策が湧いてこよう。そのためには新田軍を穏便に北陸に去らせる必要がある。わが子ではあるが、恒良も捨て去るしかあるまい）

大塔宮護良親王に続き、恒良親王を捨ててさえわが欲望の虜になりきる後醍醐院である。

翌朝、後醍醐院は東坂本の仮御所を出て足利の陣へと下り、直義に迎えられて、ひとまず旧御所の花山院邸に入った。

幾日か経つほどに後醍醐院は次第に不機嫌になった。

「閉門した上に警護の兵を巡回させるとは、まるで囚人扱いではないか。尊氏め、朕を騙しおったな！」

呼び出された直義が答えた。

「兄者が態度を硬化させるようなことをお上がなされたからにございます。叡山をご退去されるに際し、恒良親王に譲位されて三種の神器も授けられ、新田一族の旗頭になされた」

「急場の凌ぎなるぞ。激昂した新田の輩どもを懐柔するにはそうするしかなかったのだ。心配するな。恒良には譲位しておらぬ。三種の神器も朕が持ち帰っておる。今も三位局が守っておる」

したたかな後醍醐院である。恥じる様子は微塵《みじん》もない。

「先ごろ、光厳院の伝国宣命のみにて即位された光明帝に三種の神器を授けることが条件であることは心得ておる」

こうして後醍醐院は、光明帝に三種の神器を授けて正式に院の地位に退き、光厳院と二人で新帝を補佐することとなった。

その代わりに成良親王を光明帝の皇太子につけ次の帝への道筋をつけた。ここに両統迭立が復活したかのように見えた。

師直が尊氏を相手に憤った。

「大御所、敵ながら義貞殿があまりに哀れですぞ。成良親王を皇太子とされたことで義貞殿が旗幟と仰いだ恒良親王は皇太子ではなくなってしまわれた。文字通り、義貞殿は捨てられてしまわれたのじゃ。相変わらず後醍醐院の仕打ちは酷《ひど》いものでございますな」

北陸道を越前に向け行軍の途についた義貞は、そうとも知らず一族郎党を前に檄を飛ばした。

「恒良親王を旗頭にいただき、敦賀に御所を造って令旨を発して兵を募るぞ。そして北陸道から攻め上り、捲土重来を期そうではないか」

そうして一旦は勢力を挽回した。その動向を注視していた後醍醐院は恥じることもなく義貞を誘い込もうとしたが、全てを知るに至った義貞は後醍醐院からの再三の誘いには応じることもなく北陸の平定に力を注いだ。

しかし北陸道平定戦の帰趨を決する足羽城総攻撃のさなかに、斯波高経の別動隊からの流れ矢が義貞の額を貫いた。

「あっ」

落馬した義貞は落命までの小半刻《こはんとき》走馬灯を見た。

(思えば私は不幸な運命を背負ってしまった。先祖が北条執権の怒りを買ったために新田家は昇進できずに同じ源氏一門である足利家の下に見られるに至った。難攻不落の鎌倉を陥落させるも諸将は足利家の嫡男千寿王から着到の証判を貰いたがった。源氏一門では将来が望めぬゆえに後醍醐帝側に着くも最後には見捨てられてしまった。誠に儚《はかな》い人生であった)

義貞三十七歳、波乱の人生の幕をここに閉じた。

第八章　南北朝と観応の擾乱

(一)　鎌倉か京か

建武三年(一三三六)十一月、尊氏・直義兄弟は天台僧玄慧らの有識者を知恵袋として「建武式目」を制定した。まだ征夷大将軍にこそ任じられていないが、尊氏を首班とする幕府の姿が徐々にその輪郭を見せ始めていた。

尊氏と直義は足利家の菩提寺として開基した御室《おむろ》の等持院を訪れた。二人とも開山者・夢窓疎石の禅話に浸るのを楽しみにしている。

夢窓疎石は豪族の嫡男に生まれ、九歳で出家したあと、寧一山ら知識人に参じて禅の修行を積みついに大悟し、さらに諸国を巡錫《じゅんしゃく》して廻った。のち北条得宗家に懇望されて鎌倉の建長寺に入室したが、傑僧ぶりが天朝にまで達し、後醍醐帝から国師号を下賜《かし》されて南禅寺に起居したこともある。「富貴にも住し貧裏《ひんり》にも遊んで、しかもその両方を歯牙にもかけぬあたり、やはり傑僧なり」と称された人物である。

もとは仁和寺の支院だった等持院を尊氏・直義兄弟は足利家の廟所としていた。

「きょうも禅問答をご所望かな？」

「和尚、ぜひそう願いたいところですが、本日罷り越したのは他でもありません。弟がなかなか自説を曲げぬので、和尚の意見を聞いてみようということになり、こうして二人雁首《がんくび》そろえて参上した次第なのです」

「…？」

「和尚、お忙しいところ申し訳ないですな。実は兄者と幕府開闢《かいびゃく》の地をどこにするかで議論していたのです。鎌倉か京かの二者択一ですので、和尚に双方の言い分を聞いて頂いた上で軍配を上げて頂こうということになったのです」

「おやおや、何事かと思えば…。今や天下を手中に収められたも同然のお二人が…、いやはや仲が良くて結構なことじゃ。愚僧は政の良し悪しには首を突っ込まぬことにしておるが、右手か左手かを上げるだけなら無責任に上げてもよい。その前にこれだけは言っておく。幕府開設の段階にきたとはいえ、武家を毛嫌いされておられる後醍醐院はご健在であられるし、天下は未だ動乱の恐れ大じゃ。斯かる状況で天下を治める実力があるのは足利家だけだといえよう。武に勝る尊氏殿、理に秀でる直義殿、お二人が手を携えてさえいれば天下泰平の世を実現できよう。よいか、くれぐれも仲違いだけはしてはなりませぬぞ！」

疎石に諭されて尊氏は頭を掻いた。

「和尚には敵《かな》わぬな。直義もそうだろう」

「全くそうじゃ、アッハッハ」

「それでは俺から始めよう。直義よ、何故京に幕府を置けぬというのか」

直義は理路整然と説明し始めた。

「兄者、そもそも幕府を開闢できるのは征夷大将軍じゃ。飛鳥の昔から、征夷大将軍とは『征夷』すなわち蝦夷《えみし》を征討するために朝廷から授かった臨時の官職のことだ。源氏嫡流の源頼朝公は奥州藤原氏を平定するに際し征夷大将軍に任ぜられた。正確に言えば、出兵された後に征夷大将軍就任の申請をなされたのであるが…。予定通りに奥州を平定されると、東国を治めるために鎌倉に幕府を構えられた。日本は三関（不破、鈴鹿、愛発）より西は朝廷が治め、三関以東については幕府が治めることとされたのじゃ。さすれば頼朝公の例に倣い、我らも鎌倉を本拠にすべきだと思う。京の守備はこれまでと同じく六波羅探題を拠点とすれば十分であろう」

「直義殿のお考えはわかった。して、尊氏殿はその点に関していかにお考えか？」

「弟よ、俺はやはり京に幕府を開設すべきだと思う。何故あの鎌倉幕府が滅ばざるを得なかったのか考えてもみろ。最終的には我らが裏切ったからといえばそれまでだが、大きな時代の流れの中で捉えたときに俺は思ったのだ」

　理性では直義の後塵を拝するも、感性で大局をとらえる能力には優れている尊氏である。

「最大の要因の一つは、鉱業、窯業、物流業をはじめとした西国社会の営みに、農業主体の東国がついていけなかったということだ。鎌倉幕府のように軍事・警察権を掌握するだけであれば、本拠を鎌倉に置き西国のことは京の六波羅に探題を置くだけでもやっていけよう。だが新しい幕府が真の意味で全国政権たらんとすれば、政治・文化・宗教の中心で、荘園領主が集住し、全国の富や人や情報が集まる物流の中心都市に政権を置くことこそ肝要である。そのためには京に幕府を開設すべきだと思うのだ」

　尊氏は亡正成を脳裏に浮かべた。

「正成殿ご存命の時、商いの重要性についていろいろと教えて貰ったことがある。京の都に暮らしてみてその通りだと思った。京は日本の全ての物流が集約される場所であり、何故にそうなるかといえば銭だ。平清盛公以来、大量の銭が大陸から入ってきておるゆえに、物の流れが活発なのだ。逆に鎌倉にいて銭への対応が出来なかったため、鎌倉幕府は時代遅れとなり滅びたともいえよう」

「お二人の意見は概ねそのようなところかな」

尊氏は頷き、直義は「はい」と答えた。

「しからば愚僧の考えを述べよう」

疎石は手にしていた扇子を膝の前に置いた。

「結論から言えば幕府は京に構えるべきであろう。一旦進んだ世は元には戻るまい。というより民の暮らしを良くするためには戻してはならぬし、一段と伸展させるべきであろう。

鎌倉に本拠を置いたら先進する西国まで充分に目が届かぬであろう。鎌倉幕府における六波羅探題の役割は、足利幕府では逆に鎌倉政庁的なものを置けばよろしい」

疎石は北の方角に目を移した。御所の森が庭越しに見える。

「しかし、京には魔物が住んでおる。直義殿がお思いのように武家さえ規律が取れておれば安定した統治ができるという訳には参らぬであろう。平家すなわち平清盛公が洛中ではなくて六波羅という鴨川の向こう側に軍事政権の本拠を置かれたのも同じ理由であろう。だがそれでは武家と朝廷・公家・庶民の意思疎通が図れぬ。幕府を置くとすればやはり御所から離れぬほうがよかろうと思う」

疎石には言わねばならぬことがある。

「実は愚僧はあることを最も恐れているのじゃ。後醍醐院は厄介な存在ではあろうが足利幕府＊1さえ盤石ならば上手く差配できよう。だが内紛が生じればそうはいかぬ」

疎石は向きを変えて両名を見据えた。

「内には武家を支配し、外には諸国統治を行なうという幕府権力の両輪を、今は兄弟で上手く分担されているから足利幕府は盤石といえよう。しかし幕府内の内訌が愚僧の耳にも入ってきておる。具体的な名前を出せば、王朝貴族や寺社が所有する荘園への侵略を躊躇《ためら》わない高師直殿はじめとする急進的な勢力と、王朝貴族らの利害にも配慮する上杉重能殿ら保守的な勢力との対立が顕著になってきたというではないか。そして何より、それぞれの勢力の首領が尊氏殿と直義殿という噂じゃ。よいか、お二人が仲良くされてこそ天下泰平の世は築けるというものじゃ」

疎石の箴言は、尊氏・直義兄弟の胸に鋭く刺さった。

暦応元年（一三三八）八月、朝顔の蔓《つる》が延びる処暑の候、光明帝から征夷大将軍に任ぜられて正式に武家政権を樹立した尊氏は洛中に足利幕府を開闢した。

大事件が発生した。

尊氏の征夷大将軍就任を祝って足利一族が宴に酔っていた、まさにその隙をついて後醍醐院が花山御所を脱出して行方を眩《くら》ましたのである。悠々自適を装う裏で、旧廷臣と頻繁に連絡を取り合い、北畠親房の吉野での築城と歩調を合わせて後醍醐院脱出の手筈が進められていたのである。

「直義に強要されて光明帝に渡した神器は偽器《ぎき》であり、真器はわが手にある。賊徒足利一族を討て！」

延元の年号を復活させる儀式の場で、足利討伐の綸旨を諸国に発出した。ここに、相手は廃帝であり、自分こそ正統だと互いに主張する二人の天子が出現した。この状態を奈良興福寺門主は「一天両帝、南北京」と表現した。

南北朝時代の始まりである。

しかし、南朝後醍醐帝は吉野金峯山金輪王寺《きんりんのうじ》の仮御所では当初こそ躍動したものの、三年余の年月を過ごすうちに、都を離れ表舞台から遠ざかった嘆きに流されるかのようにかつての気性の荒さが薄れてきた。鎌倉幕府討伐の旗揚げ以来、苦楽を共にしてきた旧臣もほとんど死に絶え、訪問客もまばらになったことも輪をかけた。

「言問わん人さえまれになりにける　わが世の末のほどぞ知らるる」

淋しさを漂わせる和歌を詠み暮らす日々であった。

「後醍醐帝が崩御！」

一報が尊氏・直義兄弟の耳に入った。

暦応二年（一三三九）、吉野に南朝樹立後三年、五十二歳であった。

（この国に災いばかりを齎《もたら》した暴君がなくなり、将来への禍根がひとつ消えた）

直義は安らいだ。我欲が強く、それを押し通すためならば約束を踏みにじり、わが身に類が及ぶと近臣やわが子を犠牲にしてまで保身を図る後醍醐院の性格が直義の感性では断じて許せないのだ。

尊氏は異なる。

（父とも慕う、帝が亡くなられた）

尊氏は後醍醐帝を巨大な家父長ととらえて、畏怖し、愛してもいる。父親を批判しながら、やはりその子でありたいと願う感情…。その弱さを払拭しきれない。涙がとめどなく流れた。


後醍醐帝は死に目に際して、南朝に対し厄介な遺言を残していた。

「必ず京を奪回せよ。北朝と妥協しては断じてならぬ」

念が押されていた。

「もし命に背き義を軽んぜば、君も継体の君にあらず、臣も忠烈の臣にあらず」

朱子学を是とする南朝にとっては、親の遺言は絶対である。後醍醐帝の要求は

「北朝を廃止せよ」であり、妥協の余地は残されていない。こうして南北朝時代は第三代将軍足利義満により一本化されるまで五十七年間の長きにわたり続くことになるのである。

足利幕府[*1]…室町幕府の呼び名は、三代将軍足利義満が室町の地に移した花の御所に由来する。

（二）将軍職継承問題

「和尚、私の悩みを解決してもらえますまいか」

相変わらず単刀直入の物言いである。

夢窓疎石はそういう尊氏が好きである。

「死を恐れぬ勇気、物惜しみしない寛大さ、敵や裏切り者さえ許す慈悲」

その三点を特に称えもしている。

「なんじゃな、南朝の後醍醐帝も逝去された今となっては、そなたには悩みなどなかろうに…？」

尊氏はなかなか切り出せない。

「ここだけの秘密にするゆえに、胸の内をすべて曝《さら》されたらよかろう」

尊氏は天井を見上げた。そして大きく息を吐いた。

「足利幕府を開設した今、組織の盤石化をいかにしたら図れるか悩んでおります」

「…」

「すなわち嫡男義詮への二代将軍継承の基盤を作らねばならぬのです」

「義詮殿の周りの人物が、ご本人に比べて格段の実力を持っていることを心配しておられるのかな?」

「和尚のご推察通りにございます」

尊氏の正直さに呆れながらも老師は本論へ口火を切った。

「具体的な名前を申せば、直義殿、師直殿、それにそなたの庶子にて直義殿の猶子でもある直冬殿、のご三方でござるな」

老師は肚を固めた。

「正直に申そう。そなたは戦にこそ強いが、政治力は直義殿が格段に上だ。しかも正統派ゆえに味方も多い。師直殿は一見武闘派を装っているが、高位公卿でもある高階《たかしな》家の子孫であり教養もあり、婆沙羅大名を主体に味方も多い。直冬殿は失礼ながら義詮殿より何倍も骨が図太い」

「その通りなのです。幕府開闢時はすべての力を敵対勢力に向けて結集せねばなりませんでした。幕府が少し落ち着いてきた今では、この国を将来にわたる泰平の世にするための布石を打つべき時期ではないかと愚考するようになりました」

「それで、どうしようと思うておられるのじゃ」

「三人の力を削がねばならぬと思うております」

尊氏は老師に話すことで気が楽になっていく己を感じた。

「まず直冬を地方の探題職あたりにつけて直義から切り離します。次に師直を使って冷静沈着な直義を怒らせ、返す刀で直義に高家を弱体化させる。そうして疲れた直義を出家に追い込む。直冬は西国大名を配下につけるかもしれませぬが、直義がいなくなれば勢力を削ぐのは容易いでしょう」

老師は素直な感想を返した。

「日頃温和な尊氏殿が、こと義詮殿のことになると鬼にも蛇にもなられるのは不思議じゃ」

（いや人の親としては当然なのかもしれぬ。将軍職の重たさはなってみた者でな

いとわからぬものであろう。きっと尊氏殿はその重しを少しでも取り除こうとしておられるのだ）

「もっと平和的な解決方法はないものかの」

「真に優秀なるものは並び立たぬと言います。直義・直冬連合と高師直がそうだといえましょう。私は両者ともに好きだ。だから辛さが身に沁みるのです」

老師は尊氏を楽にしてあげたいと思った。

「不動明王になりなされ。大いに怒り世を正しなされ。誰かがそれをやらねば、安寧な世は創出されますまい。そなたが評価されるのは百年後いや千年後となるやもしれぬが、覚悟はよろしいか」

「…」

尊氏は言葉には表さず、目を見開き頷いた。

（三）義詮

擾乱《じょうらん》は上杉、高の両執事家の争いから始まった。

「南朝軍、河内・和泉・紀伊に蜂起す」

との知らせを齎《もたら》す早馬が洛中に到着したのは、貞和三年（一三四七）如意丸（直義の実子）誕生からひと月もたたぬ夏の盛りであった。

「亡正成殿の嫡男正行《まさつら》殿を主将とする南朝軍が破竹の勢いで北上中というではないか。東国でも南朝方の残党が暴れているらしいぞ」

乱れ飛ぶ流言に都中が浮足立った。

師直は尊氏に楠木軍掃討のための進軍を願い出た。

「師直、楠木軍攻略は口実に過ぎぬのではないか」

尊氏は師直を睨みつけた。師直も睨み返した。

「その通りです。『天に二日《にじつ》なく地にのみ二王ある』変則体制を解消し二王の一方を片付けて紛争の根を断つ覚悟です。今や民のみならず武家も戦には飽き飽きしています」

「つまり南朝を討つと…。皇統を一系に復するのは朝野が望むところではある。それができるのはお主しかあるまい」

（功を一手に収め、帰洛したあとの高家の威勢は今を倍するものになるかもしれぬが…）

「わかった。ただ吉野金峯山一帯には貴重な建物も多い。国の宝には手を付けるなよ」

「……」

「師泰率いる先陣、師直率いる主力軍が二手に分かれて進撃を開始」

早馬の報に吉野方も陣容を立て直した。


南朝方の陣幕内では、総司令官の北畠親房がまさに出陣しようとしている楠木正行に罵詈雑言《ばりぞうごん》を浴びせていた。

「藤井寺・天王寺方面での合戦に勝利しながら、伏兵に手間取り京進行の機会を逃すとは何事ぞ。千早赤坂で大活躍した亡父正成に似ぬ不肖の子、情けなや…」


正平三年（一三四八）一月の〝四条畷の戦い〟は楠木軍三千に対し師直軍三万で火蓋が切られた。正行は猪突猛進し師直の本隊に飛び込んだ。満身の憤怒が爆発でもしたかのようであった。末弟の正儀《まさのり》が叫んだ。

「敵が包囲を一部解きました。引き時ですぞ、兄上。深入りしたらわが軍は全滅してしまいますぞ」

「湊川の戦で、父上や正季叔父を討ったのは、高一族ぞ。怨敵を前にして引き下がれと言うのか」

「兄上、目をお覚まし下され。戦場で討たれるは武門の習い。恨む筋合いではございません。兄上はこの合戦で無理に討ち死になさろうとされておる。北畠准后の罵詈に武門の意地が燃え上がったのですね。でも怒りに任せて死を選ぶなんて惨めすぎます」

「正儀よ。まだ幼かったかもしれぬが覚えているだろう。花山院御所の庭先で、北畠卿の罵声にじっと耐えておられた亡き父の御姿を…。吉野の御所で同じ人から罵詈雑言を浴びせられながら、『これが親子二代にわたる忠節への報いか』と俺の肚は煮えたぎっていた。公家たちに見下されて生きねばならぬ宮方武将の運命の悲しさが身に沁みた。父を殺した高一族と刺し違えて果てるなら不足はない。そう思ったのよ」

「桜井の駅で父上がおっしゃった言葉を思い出されませ。『わしは後醍醐帝に殉じて死ぬが、これは父一人の感傷に過ぎぬ。汝らは生きよ。生きて子孫の後栄をはかれ』と。こうも仰せでした。『なによりも、一族一門の存続をこそ第一義と考え、つまらぬ死に急ぎや破滅から、楠木の家を護るのだぞ』と…」

「わしは南朝に忠誠を尽くすことはもはや出来ぬ。この正行にとって残された道は、良き敵との戦いで討ち死にを遂げること。どうか不肖の兄の意地を通させてくれ」

正行は振り向いた。陽光が涙に反射した。

「各々方は自らの意思で動いて構わぬ。退去する者はそれもよし！」

炎と化した楠木軍に、師直軍は一瞬たじろいだが、師泰軍が加わると多勢に無勢、次第に楠木軍は勢力を削がれていった。ここに正行も正時も思惑通り野末の露と散った。

そんな中でただ一騎、正儀は馬に鞭を当てながら南へ南へと駆け続けた。

「こんな戦で死んでたまるか。父上のご遺志に私は従う！」

吉野金峯山金輪王寺《きんりんのうじ》は天智帝の御代に、修験道の始祖として名高い役小角《えんのおづね》によって開かれた霊場である。ここを南朝の御所としていた後村上帝一行は、ついに防ぎ切れずに穴太《あのう》の山塞へ逃れた。

それから三日後、空御所となったとも知らず師直率いる三万の大軍が押し寄せた。

「構わん。空御所など焼いてしまえ！」

師直の号令ひとつ、炎が夜空に舞い上がった。炎は熱風を呼び、熱風は炎を煽り、吉野の山全体が燃えたかのような様相となった。

師直軍が勢いそのまま穴太の仮御所に攻め入ろうとすると、北畠親房が仕掛けた罠に嵌り、隊列が乱れたところを南朝軍が包囲網を狭めてきた。じわりと南朝軍が三方から迫ってくる。

「一旦奈良まで撤退じゃ」

師直・師泰軍が法隆寺のそばを通りかかったとき、京に残してきた高家留守居役が自ら早馬を飛ばして駆けつけた。

「殿、大変にございます。京ではお二人が吉野遠征に赴かれている間に、高一族排斥の陰謀が顕わになってきています。上杉家に放っておいた斥候がそう申しております」

金輪王寺の堂塔はじめすべてを焼き尽くした高家の専横ぶりが露骨になってくると、足利家臣団内での反目が激しさを増してきた。

かねて高家と反目している上杉重能が一方の首謀者であり、畠山大蔵少輔直宗、吉良左京太夫満義、桃井若狭守直常、石塔中務大輔頼房、斯波尾張守高経ら足利家の譜代大名が、さらにその後ろには三条殿（直義）が控えているというのだ。

「皆の者心配には及ばぬ。三条殿とはいずれ雌雄を決せねばならぬと思っていた。手はすでに打っておる。慌てずともよい」

師直は一路洛中を目指し、勢いそのまま将軍家の屋敷を取り囲んだ。屋敷内には将軍尊氏、副将軍直義がいるのがわかっている。

師直は直義の引き渡しを要求した。

（これは謀反ではないか！　兄者は何故に怒られないのだ）

直義は心で叫んだ。

しかも舎弟の師泰、佐々木道誉、土岐頼康、山名時氏、今川入道、赤松円心、その子則祐、仁木頼章はじめ千葉、宇都宮、武田、三浦らの総勢七千余騎が師直と行動を共にしているという。

（騙されていた。兄者に…。これだけの軍勢が師直につくということは、兄者と師直間で密約が交わされているということに他ならないではないか…）

兄弟の絆を固く信じ、足利宗家の隆盛に尽力し、幕政の安定化に誠を奉げてきた直義は疑問が解けない。

（何故、兄者はかくも手の込んだやり方で、私を葬り去ろうとするのか）

焦点を一点に集中してみると謎が朧気《おぼろげ》に解けた。

（義詮か）

そう考えるとすべてに合点がゆく。

（師直の意を受けて、鎌倉府執事の高師冬（師直の養子）あたりが幼い義詮に讒言したのであろう。私が高家の専横を抑えるべく上杉を重用したのは事実である。「三条殿が上杉重能らを従えて御父上から将軍職を奪い取ろうとされておられる」とでも義詮に吹き込んだのであろう）

内心尊敬しつつも叔父直義の謹直さが煙たくもあり、異母兄の直冬（直義の養子）に対しては劣等感を抱くゆえに憎み、直義に実子如意丸が誕生したことで己の行く末に不安の灯がともり始めていた義詮を丸め込むのは、師冬にとって赤子の手を捻《ひね》るように容易であった。

（直冬を長門探題へ補任させたのも、私から切り離すため兄者と師直が仕組んだ策略だったのか）

「ええい、兵を引くように将軍が言っておると師直に伝えよ、よいか師世！」

尊氏が師世に吐き続ける空疎な喚《わめ》きごとを聞くのが辛かった。

（兄者と師直の間では、狎《な》れ合いの疑似合戦を引き起こし、上杉・畠山らを蟄居させて私を副将軍の座から追い落とすというのが、おおよその筋書きなのであろう。お恨み致しますぞ、兄者。兄弟して幕府を育ててきたではありませんか。疑いを持たれたのならば、なぜに直接問い質してくだされなかったのじゃ）

「師直の要求通り、上杉重能、畠山直宗らは出家させましょう。そして今日限り、私は一切の政務から手を引き、官職も辞して閉居いたす所存です」

尊氏、直義、師直の三者会談が行われ、以下の内容で和解は成立した。直義は一言発したきり黙した。

㈠　上杉重能、畠山直宗の両名は、越前の足羽荘に配流。

(二)　左兵衛佐《さひょうえのすけ》直冬の長門探題を罷免。公儀への反逆者とみなして討伐する

(三)　下御所直義の権限のすべてを、尊氏の嫡男にして後継者たる義詮にる。

(四)　義詮は直ちに上洛して、その任につき、鎌倉府へは尊氏の次男光王丸（基氏）が派遣される。

直義はその日のうちに左兵衛督《さひょうえのかみ》の官職を朝廷に返上し、三条坊門の第宅《ていたく》を引き払って細川陸奥守顕氏の住まいである錦小路堀川邸へ移った。

(四)　直義南朝と講和

「なに、上杉重能殿、畠山直宗殿が惨殺されただと」

足羽での惨殺事件は電撃さながらに都に伝わり、反師直派諸将は憤りに震えた。

「長門探題罷免を受けて肥後に退かれた直冬様は、九州・中国・四国地方の武家たちを味方につけ勢力を拡大しておられます。また鎌倉府の上杉憲顕殿も弟重能様の無念の最後を憤って本国上野に帰られて直冬様の呼びかけに応じられた模様です」

錦小路の直義邸には、上杉、畠山、吉良、石塔、桃井、斯波ら反師直派の領袖が連日押しかけ、直義の決起を日毎促している。

一方、幕府方も騒々しい。

「鎮西の騒擾鎮圧に手間取っているのは、鎮圧軍を率いる指揮官の人選が間違っているからです」

義詮は主張してやまない。

「師泰が、院宣・錦旗を振りかざして石見《いわみ》まで迫っておるではないか」

「西国の諸将は、『将軍家と佐殿《すけどの》（直冬）は実の親子であり内通しておられる』と噂し合っておるとの由。ゆえに直冬の軍門に莫大な兵力が集結しているのです。諸将が信じ込んでしまった以上、それを断ち切る手段は、父上自ら征西大将軍となられて直冬の首を刎《は》ねる以外にありません」

（俺が京を留守にしたならばいかなる事態が生じるかわからぬ。まだ義詮では諸将の押さえにはならぬ）

尊氏は迷ったが、いつもながら義詮には甘い。

尊氏を総帥とし、師直を副将とする六千騎の〝直冬征討軍〟が錦旗を靡かせ一条大宮に集結した。

ところがそこへ驚くべき急報がもたらされた。

「一大事です。直義様が昨日、石塔右馬助殿の先導で供回り三十騎余りにて錦小路邸から脱出あそばしました」

伝え聞いた師直は尊氏に進言した。

「直義殿が脱出された今、征西どころではありますまい。急ぎ弟君を捕縛せねば大変なことになりますぞ」

常日頃冷静沈着な師直が、さすがに動転したのか、声を上擦らせた。

「逃げた者などを追う必要はあるまい」

尊氏は気にする素振りさえ見せない。

「進発の儀は、すでに諸国の味方に触れておる。手筈通りに致さねば将軍家の沽《こ》券《けん》にかかわる」

征西軍は洛外に出て山崎の地で全軍に休憩を取らせた。

「大御所、お話があります」

「なんだ師直、ここで申してみよ」

「ならば、せめてこちらへ」

師直は川辺に尊氏を誘った。

「正直に胸の内を申し上げます。直義殿に脱出された経緯を鑑みた時に、私の大御所への信頼が揺らぎました。直義殿はある意味あなた以上の逸材です。私も尊敬している。その上に身の処し方は清廉潔白です。その直義殿が幽所を脱出されたということは、大御所からの指示を拒み切れなかったからに他ならない。『愛する足利家のために、あなたのために…、師直の首を取るまでは世を捨てまい』と思い直されたのでしょう。私も同じです。足利家のために、大御所のために、直義殿の御首級を手にするまでは死に切れません」

「師直よ、誤解を解いてくれぬか。現に俺はお前と一緒に直義の倅《せがれ》直冬討伐に赴いているではないか」

「直義殿と通牒していないのならば、証を見せてください」

「証とな?」

「『直義殿討伐の院宣』を光厳院様から頂いてください。さすれば大御所を信じることにします」

尊氏は、早速に三宝院賢俊を呼び院宣入手を命じた。

賢俊は尊氏の意向をすばやく汲み取った。

「院の直義様に寄せられる信頼感は絶大です。さような院宣は拒絶されるのではありますまいか。私にお任せください」

翌日の昼過ぎ、賢俊は〝院宣〟を持参した。尊氏は敢えて真贋《しんがん》を確かめなかった。

「師直よ。鞆の浦で再起を誓った時に院宣を届けてくれたのも三宝院僧正、院は同じく光厳院、行く手も鎮西とは実に縁起が良い。今回の戦いも勝ちと決まったな」

尊氏は高笑った。

直義の幽所脱出を境に、幕府は直義派と師直派に真っ二つに割れた。

直義は畠山国清の居城である河内の石川城に匿われていた。

伝え聞いた直義派の幕閣らが続々と石川城に参集した。直義派に属する大名も呼応した。加賀の山中で憤死した上杉重能の養子能憲《よしのり》が領国の常陸で兵を挙げたのをはじめ、細川顕氏が本国阿波から声を上げ、桃井尚常は能登へ侵攻を始め、石塔頼房は大和の生駒に挙兵して洛南への道を塞いだ。

そこへ北畠親房からの親書が届いた。使者は四条畷の戦いから一騎のみ後日を期して逃れた楠木正儀《まさのり》であった。

「楠木判官正成が末子、左衛門尉正儀でございます。本日は北畠准后の親書を持参いたしました」

「そうか、貴殿が正成殿の忘れ形見でござるか」

直義は敬意をこめて正儀の顔を見た。

「親書をこれへ」

「はっ」

親房の親書は、飾り言葉を廃した簡潔な文章で貫かれていた。

「将軍家においては西国征討の途上、師直の要求に応える形で『直義討伐』の院宣を光厳院に願い出たと聞く。今のままでは、貴殿は賊軍に貶められるは必定。

是非もなく後村上帝（南朝）におすがりして『尊氏討伐』の綸旨を得られるべきと愚考仕る。賊と呼ばれて肩身狭く戦うか、官軍となって高一族の暴慢に鉄槌を下して尊氏殿の蒙《もう》を啓《ひら》かれるか、いずれに依られるご所存か。後村上帝もそなたの身を案じておられるぞ」

直義は正儀に返書を預けた。

「私からの条件は三点。ひとつは降伏ではなく和議であるべきこと。第二に、武家の進退は武家に委ねられるべきこと。第三に、南北両朝をすみやかに合体さすべきこと」

受け取った親房は了解した旨の返答を正儀に持たせた。

親房は為政者としての直義の器量の大きさや見識の高さに胸打たれるも、その弱さが純粋無我な性格に起因していることを喝破した。

そして不敵な笑みを浮かべた。

（足利幕府の内訌を利用して、南朝に漁夫の利を得さしめるためには、ここは百歩だろうが千歩だろうが譲歩しよう。なれど…、直義よ、汝を使い尽くしたその時は、生かしてはおかぬぞ）

直義は約束通り穴太の仮御所へ赴き、後村上帝から直々に綸旨を頂戴して、南朝と和議を結んだ。直義軍もここに官軍となった。

楠木、和田《みぎた》らの宮方武将が引きも切らず参集したのは無論のこと、上杉、石塔はじめ名だたる幕将からも「直義様に続け」とばかりに南朝方に帰順する者が続出し、穴太の南朝は吉野退去以来、久々の活気に沸いた。

鎌倉でも、弟重能の横死を憤り領国の上野へ退去していた上杉憲顕（鎌倉府執事）が、反幕の姿勢を鮮明にして子息能憲とともに武蔵野に兵を展開し、高師冬（鎌倉府執事）と対峙した。かねて示し合わせていた通りに師冬に反感を抱く鎌倉公方足利基氏（尊氏次男、幼名光王丸）の乳母が基氏を憲顕に預けると、公方を擁した憲顕が次第に優勢となり、師冬は甲斐に逃れた。

千寿王と呼ばれていた時代から兄と慕い、共に鎌倉に下り、何かにつけて頼りにしてきた師冬の敗退は、ひとり京に残された義詮を恐怖に陥れた。

鎌倉府を押さえた上杉憲顕に呼応して常陸上杉能憲と越中桃井尚常が決起し、摂津では畠山国清が守護を追い落とす等破竹の快進撃を続けた。直義も洛南の男山八幡まで陣を進めた。

「直冬討伐は一時休止して、至急都に戻られたし」

義詮は、父尊氏に連日使者を放っている。

「直義が、わが子義詮を殺すはずがないではないか」

嘯《うそぶ》いて、尊氏は備前福山城に駐留したまま動こうとしない。

不信感を抱いたのは寧ろ師直の方であった。

「おかしい。日頃義詮殿のことになると慌てふためく大御所が今回は何故に冷静でいれるのか」

師直は、一人裏庭に出た。

「やはり大御所と直義殿の間には、何らかの密約が交わされているのではないか？」

疑いの目が刺さったのか、尊氏が動いた。

「引き返して直義勢と一戦交えるぞ」

山崎まで戻ると男山八幡の直義と対峙する形で、淀川を挟んで対岸に陣を敷いた。しかし、師直の度重なる出撃要請にも尊氏は耳を貸さず動かない。

この間にも尊氏方の武将が相次いで直義方へ寝返っている。

「智謀術数は武門のたしなみ。裏切りは悪ではござらぬ」

と言わんばかりである。時勢は直義を欲していると思われた。

義詮が洛中から逃れてくると尊氏は、不利な状況を挽回すべく一旦西国に退くこととした。

師泰も長門から引き返す途中上杉勢を撃破したものの石塔勢に背後を突かれて敗退し、尊氏軍と合流していた。

「兄者、ちょっと」

師泰は師直を陣幕の外に連れ出した。

「どうもおかしいぞ。斯波・吉良らが陣抜けして直義殿の側についたが、奴らを含めて先方の陣は膨れ上がり過ぎとは思わぬか。こちらには将軍がいるのだぞ。大御所と直義殿との間にはやはり密約があるのではないか？」

師直が頷いた。

「大御所は愛息義詮殿が関わってくると人が変わってしまわれる。俺をそそのかして直義殿を叩かれたと思ったら、今度は直義殿を使って俺を潰しにかかろうとされておる」

師直は思わず吹き出した。

「俺の後は直義殿が犠牲者となろう。直義殿も大変だ。北畠准后という食わせ者を相手にしながら、大御所親子と戦わねばならぬからな。大御所との対立は俺の目をごまかすためだけの手段かもしれぬが、義詮殿は直義殿にとって文字通りの敵だ。戦意の起こらぬ敵故に厄介だろうがな」

師泰が怒った。

「それでは南朝に漁夫の利を攫《さら》われるだけではないか」

「そうだ」

師泰は黙った。怒りがそうさせたといえる。

諸将の抜け駆けが続いて戦意に衰えが見える師直・師泰軍を直義方の使者が訪れた。

尊氏をはじめ、師直・師泰兄弟、師直の童子武者五郎師夏、師泰の子息将監師世、いとこの師兼・師幸、甥の師影ら高家の一門が迎えた。

「直義様の御言葉をお伝えいたします。『和議の条件は、武蔵守師直の政所執事を罷免、越後守師泰の侍所所司を罷免し、両名を出家させることのみである』とのことにございます」

「これほど寛大な処置とは思わなかった」

師夏や師世らは素直に喜んだ。

「では出発するか」

尊氏の発する声も耳に入らないかのように師直は空を見上げた。

「大御所、あなたの魂胆を私は見抜いています」

全てを見定めた男の冷ややかな虚脱が時空を覆った。

「波乱万丈の楽しい年月でした」

師直が物思いにふけようとした瞬間、尊氏と近習が一瞬にして疾駆し一行から離れた。

かわりに上杉軍が押し寄せてきた。

「上杉顕能見参、武蔵守師直殿お命頂戴仕る」

阿鼻叫喚が武庫川の川辺を襲った。

高一族のすべての首級が高々と掲げられるのに然程の時間は要しなかった。

断末魔の悲劇は瞬く間に終わった。

（五）尊氏南朝に降る

高師直の専横を砕く、という一点に絞れば男山八幡合戦で直義の目的は達成された。

しかし、高一族の皆殺しを意図してはいなかった。

しかし、世間の目はそうは見ていない。

「高一族の殺害を命じたのは直義様だとよ。情け容赦のないことよ」

大御所派の諸将らも同じ目線で見ている。

一方、桃井、山名、畠山ら直義派の面々にも不満が募った。

「大御所派の所領安堵、敗将義詮殿の政権復帰など前代未聞の逆さごとだ。いったい全体勝ったのはどちらなのだ！」

直義派諸将の感情の昂ぶりは収まらない。

「ぬけぬけと横車を押す大御所も大御所ならば、言いなりになる直義様も直義様じゃ。歯痒いばかりの応じ方ではないか」

直義には更に追い打ちとばかりに南朝の北畠親房から書状が届いた。

「南北朝合体の儀は、これを拒否する」

これにより南朝と直義間の和議は破綻した。

幕府内での内訌につけ入ろうとする北畠親房の魂胆がついに表に出た。

そこに何とも信じられない報告が細川顕氏より直義にもたらされた。

「将軍家父子におかれましては、密かに穴太の南朝に降を乞われた由にございます」

「何、兄者が南朝に降伏されたと?」

直義は信じられないといった表情である。

「おふたりは『直義・直冬追討』の綸旨なり院宣が欲しいのです。北朝の光厳院は直義様を固く信じておられるので〝院宣〟の入手は無理と思われたのでしょう。そこで〝綸旨〟を賜るためだけに南朝に降参されたのです」

顕氏は続ける。

「大御所は南朝の条件をすべて受け入れられ、後村上帝は即座に北朝の廃止を宣言なされました」

「馬鹿な。兄者は南朝の実態が何たるかをわからぬままに、北畠准后の罠に嵌《はま》ってしまわれただと…」

直義には不安がよぎる。

「そうなれば後醍醐帝時代のような天皇親政に逆戻りし、武家の存在自体が否定されることとなろうに…」

追い打ちをかけるように直義は精神の支柱ともいえる存在である夢窓疎石逝去の報を受け取らねばならなかった。疎石を崇拝する直義は虚脱した。

「俺は直義を追うから、義詮よ、汝は京に残り少弐頼尚らの九州の諸将に『直冬討伐』を命じよ」

後村上帝による綸旨を入手した尊氏はすぐさま出立の準備に取り掛かった。

「よいか義詮、京のことは任せたぞ」

早くも翌朝には直義が籠る越前国金ヶ崎城を目指して京を離れた。

「洛中が空になった。いよいよ京に戻れる日がきたぞ」

気負い立ったのは南朝軍の将士たちである。

尊氏が京を去ると南朝軍が洛中に雪崩れ込んだのである。表向きは「進駐」というものの、実態は「乱入」の凄まじさであった。

彼らを率いるのは公家武者の中院具忠《なかのいんともただ》である。

「今日より北朝を廃し、政の決裁はすべて南朝が行う。向後、穴太《あのう》の文字を賀名生《あのう》に変えるので覚えおくように」

夢にまで見た京への凱旋である。声高々に宣言した。

続いて入洛してきたのは北畠顕能である。

父親房からの指示通り、御所に乗り込むと北朝所持の三種の神器を賀名生の御所に持ち去った。後醍醐帝が花山御所脱出の折、「尊氏との和睦の際に北朝に渡した神器、および新田義貞の北陸退去時に恒良親王に与えた神器も偽物であり、本物は南朝にあり」と言い放ったはずではなかったか…。

（何故に兄者は私に何も相談してくれぬ…。私や直冬は兄者や義詮殿と将軍職を争う気など毛頭なく、足利幕府の安定を一途に願っておるのだ。南朝に降参してまで私と直冬討伐の綸旨を得るとは、北畠准后の策に取り込まれるだけではないか）

血族同士争う醜態を避けようとすれば、無抵抗に徹するしかない。一方、自分を信じて従ってくれる桃井、石塔、上杉らの武将の気持ちを考えるとそれも出来ない。

（金ヶ崎城を引き払い鎌倉を目指そう）

南朝の手前、兄弟同士争うという醜態《しゅうたい》を見せまいとすれば無抵抗に徹するよりほかに手立てはなかった。

（「血は水より濃い」とはよく言ったものだ）

直義派の宿将らも大将に戦意がないと知ると気が萎えた。

過日、高一族が配所に刺客を放って上杉重能・畠山直宗を弑逆できたのも、その高家の専横を憎んで、細川顕能らが高一族を皆殺しにできたのも、所詮は他人だからであろう。足利家に累代仕えた家系ではあっても結局は主従関係に過ぎない。対して尊氏と直義は実の兄弟であり、血の濃淡が格段に違うのである。

観応二年（一三五一）十二月の薩埵峠《さった》の戦い、相模国早尻の戦いで戦意なき直義軍を破った尊氏は翌年一月鎌倉入りを果たした。

（六）直義逝く

「あれは直義様か、なんというお変わりようじゃ」

都での時の移ろう間に足利兄弟に何があったのかを鎌倉の民衆は知る由もなかった。ただ縛《ばく》につき馬上に曝された直義を見て若宮大路沿道の民衆は尊氏を恨んだ。

「敵対されたとはいえ、血を分けたご兄弟ではないか」

人々から慕われた直義である。

「直義様は早尻の戦いにおいても、軍勢では勝っていたにもかかわらず、一矢さえ射られなかったということじゃ。進んで縛を受けられたというのに、なんと情け知らずの将軍家か」

尊氏に覚悟はできていた。

（許せ弟よ。これが兄弟で望んだ足利幕府安泰のために兄なりに選んだ道なのだ）

馬上誇らしげに見える尊氏は心で泣いていた。

（実は夢窓疎石老師からも叱られたのじゃ。老師はそなたが好きだった。俺も嫌われてはいなかったが、そなたの方が信頼に足る人物と思われていた。老師も迷っておいでだった。俺の言い分が一割で、弟が九割の理を持つとお思いであった。そして言われた。「天がどちらを選ばれるか任せるにしかず」と…）

諄々と思いは続く。

（俺は本当に親馬鹿だ。義詮のことが頭に浮かぶと他の全てのことがわからなくなる。約束する。義詮をそなたも認めるような立派な人物に鍛え上げ、足利幕府を未来永劫続く体制に仕立て上げるとな…）

一方で思う。

（九州で勢力を伸ばす直冬は討伐する。義詮の立場を万全にするために…。それまではそなたを幽閉する）

直義は鎌倉・延福寺《えんぷくじ》に幽閉された。延福寺は尊氏・直義の異母兄高義が母契忍禅尼の供養のために建てた寺であり、ふたりの父貞氏が眠る浄妙寺《じょうみょうじ》の北西に隣接していた。

「なに、直義が亡くなっただと」

突然の報に尊氏は狼狽した。

「なにがあったんだ。ええい馬を曳け。延福寺に行ってくる」

馬上の尊氏の目から大粒の涙が風に飛んだ。

「直義ッー。弟よ目をあけてくれー！」

取り乱して大声で泣いた

「何故に毒など飲んだのだ[*1]」

（なぜにお前は斯様に身を引くのだ。天下を二分するほどの勢力と宿将らの信頼に囲まれながら、俺と争う気配さえ見せずに自ら死地へ赴いたのだ。足利幕府安泰のために兄弟喧嘩を厳に戒められた夢窓疎石老師の金言を守ったということか）

直義の純粋さに身を切られる思いであった。

直義服毒[*1]…直義服毒については、自害、尊氏の差し金によるもの、義詮によるもの、南朝によるもの、高一族

の配下によるもの等の説がある

（七）尊氏逝く

京の町は惨憺たる状況下にあった。人々の怨嗟《えんさ》の先に南朝軍がいた。放火、略奪、傷害や暴行。まず彼らの餌食にされたのは無力な民だった。

「将軍家はなにをなさっているのだ。将軍が不在でも中将殿（義詮）がおられるではないか」

「将軍家が南朝に降伏された以上、幕府は南朝方に何も言えぬそうじゃ、情けなや」

義詮は鎌倉に手紙を送った。

「南朝方が違約せり。至急の上洛を希《こいねが》います」

義詮は他人の怖さを知らなかった。まして、今回の相手は、年齢も経験も祖父と孫ほどに歳の開きのある北畠親房である。そもそも格が違っていた。

「南朝軍の数千騎が男山八幡の陣営を引き払って北上中」

物見の報告に義詮は驚愕、幕軍は散々に打ち負かされ、ついに義詮は京を追われ近江に逃げた。

逃げたでは済まされない。何という愚かさ、若さとばかりでは言い切れない無思慮か…、義詮は光厳院、光明院、崇光帝、直仁親王ら、北朝の宮々を連れ出すのを怠ってしまったのである。義詮の脇を固めていた面々も、命知らずだけが売りの猪武者ばかりだったのも災いした。

たとえ南朝と仲違いしたとはいっても、北朝の宮々をお連れして詫びを入れ、北朝の宮を践祚したならば官軍の地位を失うことはなかったものを…、義詮の無思慮により幕軍は賊軍になってしまったのである。

これこそが生前直義が最も恐れていた事態であった。

(直義がいてくれたら、せめて尊氏が在京していてくれたら…)

義詮の愚かさゆえに南朝軍に踏み込まれてしまい、落命の危険が迫りくる光厳院は茫然自失となり絶句した。

南朝軍が怒涛の如く押し寄せてきた。

「光厳院・光明院、崇光帝、直仁親王のお身柄を、賀名生の山間に移し幽閉する」

北畠顕能はこともなげに言い放った。宮々にとっては死よりも恐ろしい宣告であった。

（利用価値ゆえに、実力を持つ者の手から手へと渡されてしまう天子という存在、天子は意思を持ったらいけない存在なのか）

光厳院は群がる南朝方公家武者たちを無言で睨みつけた。

三宝院賢俊も予期せぬ展開に狼狽した。院宣届けという形で足利家に恩を売り、将来にわたる日野家の繁栄を約束させていたのに、その根底が忽然と覆ったのである。

（なにか挽回策はないのか。よーく考えるのだ！）

自らを叱咤した。

（光厳院には、確か…今一人のお子がいらっしゃるはずだ。確か…）

「中将殿（義詮）、弥仁王《いやひとおう》様です。光厳院の第二皇子弥仁王様がおわします」

「……」

「弥仁王様を践祚していただければいいのです」

「でかしたぞ、賢俊。弥仁王様を北朝の帝にすればいいのだな。そうすれば足利軍は賊軍ではなくなるのだな」

「仰せの通りにございます」

義詮の顔から苦悩の色がサッと引いた。

「一点、難題がございます。三種の神器は無くとも何とかなりましょう。しかし北朝方には宣命を授ける資格者がおられぬのです。いや南朝方の手に渡ってしまったのです。このままでは新帝の擁立は難しい…」

「北朝の天子様たちを賀名生から取り戻さねばならぬというのか」

賢俊は天井を見上げた。そして瞬時に閃《ひらめ》いた。

「母君様。広義門院様がおわします。広義門院様に一時上皇（院）になっていただき、その伝国宣命を以て弥仁王様の践祚を行なう手がありまます」

西園寺寧子《やすこ》、院号を広義門院といい、光厳院、光明院の実母、崇光帝の祖母にあたる。

「宮々方を南朝に奪い取られてしまった私を広義門院様は許して頂けようか」

義詮は不安に苛《さいな》まれる。

「無論院の憤りは一方ならぬものがございましょう。頼りにされていた中将様に裏切られたのです。今は宮々のお命さえどうなるかわからない状況であり、ひたすら詫びられるしかありません」

賢俊はあわせて次の言葉を義詮のために用意した。

「弥仁王様が帝の座に就かれれば、南朝は四人の宮々を監禁しておく意味をなくします。すなわち新帝の擁立こそが、皆様がたをお救い出来る唯一の手段と申せましょう。そう言上なさりませ」

広義門院は義詮を言葉の限りを尽くして罵った後、気持ちを鎮めてその案に応じた。北朝を存続させるために、事実上の〝治天の君〟の座に就いたのである[*1]。

まず院宣を発して、北朝の公家たちを復職させ、二条良基を関白に選任した。

そして、二条関白からの諮問の形をとって

「光厳院様の第二皇子弥仁王様を新帝とする」

との詔が、あまねく天下に示されたのである。十五歳、若き後光厳帝の誕生である。

官軍に復した幕府軍は、態勢を整えると洛中に進軍し、南朝軍を賀名生に追い払った。

こうしてようやく蘇ったかに見えた洛中の平穏は長続きしなかった。

再度南朝軍が息を吹き返したのである。

北畠親房はなお意気軒昂である。九州で三つ巴の戦いを演じている直冬を南朝方につけるべく動いた。少弐・大友ら直冬を頭にいただく直義派および菊池武光らの南朝派が、探題の一色頼氏を頭とする将軍派との均衡状態を打破すべく親房の誘いに応じた。直義派と南朝派がひとつになれば将軍派を崩すことができるとみたのである。

直冬が南朝方についたと知ると、直冬を〝直義様の再来〟と仰ぐ桃井・吉良・石塔・山名・上杉・畠山ら旧直義派の諸将が競って南朝の旗のもとに馳せ参じた。

義詮の今度の敵は権威を笠に着て威張り散らすだけの宮方武将ではなく、合戦を天職とする諸将からなる戦闘集団に変じた。

義詮は鎌倉の尊氏のもとへ「至急上洛されたし」との書状を後光厳帝の綸旨で権威づけて鎌倉府へ再三急送したが一向に返事が来ない。

尊氏不在の幕府軍ではとても諸将の攻撃を支えきれず、またしても義詮は京を追われた。

（後光厳帝を頂いて美濃の土岐頼康のもとへ逃れよう）

北畠准后の恐ろしさは身をもって思い知らされている。

美濃の垂井で頼康の出迎えを受けて後光厳帝の仮御所を拵えると義詮はやっと一息ついた。

そこへ

「上洛する」

との返書が尊氏から届いた。

たった一言尊氏が寄越した返事が事態を急変させた。

「大御所が戻ってこられるぞ」

義詮軍は元気づいた。

一方、せっかく義詮を追い出して京を占領していた直冬派の諸将は、それぞれの領国をさして撤退を始めた。

父の威望の大きさを、義詮は改めて思い知らされた。

「やはり、あのお方には京にいてもらいたい」

京雀までもが尊氏の帰洛を待ちわびた。

義詮は尊氏を迎い入れるべく垂井まで足を運んだ。

「父上、お久しゅうございます」

「義詮か、よう来た」

尊氏が振り向いた。

「あっ!」

義詮の驚きが思わず声となった。

あの福々しかった尊氏の体がやせ細っていたのである。顎の肉も削ぎ落ちている。

心配そうに見つめる義詮を尊氏が気遣った。

「たいしたことはない。少々酒が過ぎたようじゃ。馬上で少し血を吐いたゆえに横になっておった」

「血を吐かれたのですか。仰せ頂ければ京より名医を連れて参りましたものを…」

尊氏にはよりつらい出来事が待っていた。十四歳になった可愛い盛りの鶴王姫が十一月に亡くなったのである。一人娘に先立たれて尊氏は茫然自失となった。

巨星も落ちた。賀名生の山間に轟音を響かせるかのように、北畠親房が六十二歳でこの世を去った。王政復古、公家政権の実現を夢見たまま息を引き取ったのである。

強硬派の親房が死去すると、南朝は四人の皇親（光厳院、光明院、崇光帝、直仁親王）を解放した。

こうして親房の死を境に、南北両朝の力の均衡は崩れた。南朝が弱まってゆき、最後に直冬と直冬派の諸侯が残ったが、激しい合戦の後、直冬は九州に落ちた。

安心した尊氏の夢枕に鎌倉の大蔵が谷で過ごした若かりし頃の光景が現れた。直義、師直・師泰、重能。もはや誰もいない。

「登子」

妻の名を呼んだ。登子が尊氏の手を握ると微笑みつつ黄泉《よみ》に旅立った。

権大納言正二位、征夷大将軍の現職のまま、足利尊氏は五十三年の生涯を閉じたのである。

庭先の椿の花が一輪地上に落ちた。

〝治天の君〟[*1]…皇室に出自せず〝治天の君〟になった女

性は歴史上広義門院ひとりのみである

あとがき

『楠木正成（悪党）vs足利尊氏（幕府）』の執筆に関しては、個人的な想いと多少の使命感・義務感が交錯した。

私の亡母は福岡県柳川市の出身であり、旧姓でいえば足利千鶴子である。

だからであろうか、六〇歳台後半に足を踏み入れた今でもテレビ等で〝足利尊氏〟はじめ〝足利〟の名が出るたびに一種の不思議な感覚に陥る。

平成三年（一九九一）にNHK大河ドラマで『太平記』（原作吉川英治『私本太平記』、足利尊氏を主演真田広之が演じた）が放送されていた頃に帰省し、柳川の亡母の実家・西方寺をご無沙汰謝罪の挨拶で訪れた折のことである。その言葉は、亡叔父足利智水氏から会話の合間に何気なく投げかけられた。

「芳実さん、知っとるね。西方寺を建てたのは足利将軍家筋の…よ」

なぜかその言葉がその後も頭の片隅を微妙に離れずにいた。

それだけのことが足利尊氏を取り上げる契機となった。

「何故に九州に足利姓があるのだろう?」と漠然とした疑問はあった。九州を離れてからも、私は親戚関係を除けば〝足利〟姓なる人と未だ出会ったことがない。亡母は、そんな〝些細なこと〟など歯牙にもかけずに寸暇を惜しんで短歌や俳句など自らの教養を磨くことに励んでいた。ゆえに、亡母からは何も聞いたことがない。

そこで柳川足利氏のルーツについて調べてみた。

インターネット検索等で調べたところ、柳川西方寺は「天正十六年(一五八八)創立、開基は八釋慶信(俗称:足利安芸守政信)。立花家の家老十時連貞《ととときつれさだ》の菩提寺でもある」とある。

足利の姓は足利安芸守政信に拠ることがわかった。そこで足利安芸守政信のルーツを亡叔父の言葉に多少の脚色を混じえて整理してみた。

(一) 足利貞氏に三人の子(高義、高氏→尊氏、高国→直義)があり、うち高義の子に〝安芸守某(政信)〟あり。高氏が九州で反転攻勢に出る戦陣で〝政信〟は負傷し治療のため九州に残る。〝佐野山の戦い〟以来の功績で尊氏から〝源姓〟を許されるほど足利将軍家と密接な関係にあった戸次家《べっき》(大友家筆頭宿老）に預けられた。
傷が癒えてのち探題改革の職務を命じられ、足利の姓を持つ政信は各地の探題を臨検することとなったが、最初の臨検先奥州探題を訪れた際に暴徒に襲われ殺害された。北畠顕家信奉者だともいわれている。

㈡　室町幕府十三代将軍足利義輝は、大友義鎮《よししげ》（法号：宗麟）を従来の筑前・豊前に加え筑後・肥後等の九州探題に任じた。
宗麟は任地巡回の折に主家筋にあたる足利家の子孫を戸次家に見出し将軍家へ報告。義輝は、家祖と同じ足利安芸守政信を名乗らせ側近とした。
義輝は三好長治および松永久秀から攻撃を受け始めると、助成を求めるべく政信を豊後へ派遣したが、宗麟が動く前に義輝は弑逆された。

㈢　天正十五年（一五八七）足利安芸守政信は、大友家重臣であった戸次（立花）道雪《どうせつ》の養嗣子となった立花宗茂の筑後国柳河藩初代藩主就任時、同藩に招かれた。

㈣　足利政信は法号を八釋慶信と号し、西方寺を建立した。

こうして辿り着いたのは尊氏の異母兄にあたる〝足利高義〟であった。足利貞氏の嫡男であり足利家の家督を相続した。母親は北条顕時（金沢系）の娘・釈迦堂殿である。しかし二十歳の若さで死去したため高氏（後の尊氏）が家督を引き継ぐことになった。高義を更に遡れば八幡太郎義家に辿り着く。

おそらく亡母にそう言えば、「そげんかこつは一つの説に過ぎんとよ。それより自分のこつば頑張らんね」という答えが返ってくるのは目に見えている。だから今まで友達にさえ話すことはなかった。

私は、当面歴史小説は本作で終わりにしようかとも思っている。次は、紀行文か、ミステリー小説あたりを彷徨《さまよ》うつもりでもいる。

それならば

「最後になるかもしれないならば足利尊氏に挑戦しよう」

と決め、

「ならば相手は楠木正成しかない」

あたかも当然のように楠木正成が登場した次第である。

本題に戻る。

三人の歴史上の人物を対比させたら面白いと言われる。

一つ目は、織田信長、豊臣秀吉、徳川家康である。「鳴かぬなら殺してしまえホトトギス」「鳴かぬなら鳴かして見せようホトトギス」「鳴かぬなら鳴くまで待とうホトトギス」で人物の違いを際立たせている。

二つ目は、源頼朝、足利尊氏、徳川家康という三人の幕府創設者である。「非情の人」「よくわからない人」「タヌキオヤジ」といったところか。

足利尊氏は、水戸光圀による『大日本史』による皇国史観では大悪人とされた。しかし、その人物像は「優しく」て「気前のいい」人だった。夢窓疎石に言わせれば、「いかなる時も怖れることがなく、慈悲深く、物惜しみすることが全くなかった」。ただ、頼朝や家康にあって、尊氏にないものは「非情さ」である。非情さがなければ世が乱れるのも歴史の常である。尊氏の「非情になれない」性格が、長期にわたる南北朝時代を招いたというのも否定しがたい。

一方の楠木正成である。

「天に意志があるとしか、この若者の場合思えない。天が、この国の歴史の混乱を収拾するためにこの若者を地上にくだし、その使命がおわったとき惜しげもなく天へ召しかえした」とは、司馬遼太郎『竜馬がゆく』に出てくる感動の一節である。

今般、楠木正成を調べるうちに同様のことを思った。つまり、天がこの奇蹟的人物を地上に下さなかったならば、歴史は変わっていたのではないか。

多くの人が無謀だと思った後醍醐天皇による鎌倉幕府討滅を実現させ、短期間ではあるが「天皇親政」の世をつくった。

坂本龍馬が賞味期限の切れかかった江戸幕府の始末をつける橋渡しをしたように、楠木正成は時代の要請に応えられなくなった鎌倉幕府に引導を渡すために「圧倒的な兵力を有する鎌倉幕府に勝てるかもしれない」という風を起こした。

そして用が済むと天は惜しげもなくこの天才を湊川の露と消えさせた。

足利高氏は、名前自体が鎌倉幕府得宗（執権）北条高時の「高」の一字をもらっているように、当初北条政権の従順な御家人であった。妻も北条一族の最有力者赤橋氏の娘登子である。ゆえに後醍醐天皇の笠置挙兵の折には、高時の命令に従って後醍醐軍制圧に従軍し、後醍醐天皇の隠岐遠流につなげた。戦勝気分で鎌倉に帰参するや高時からお褒めの言葉を頂くだけで満足していた。当時は平氏の北条政権に取って代わろうとは思ってもいなかった。

正成による千早赤坂籠城戦が全てを変えた。

籠城兵八百が守る千早城を百倍にのぼる幕府大軍が包囲した。普通に考えたら勝てるわけがない兵力差である。実はこれも正成の戦略であった。「一対十より一対百のほうが効果的だ」とこの天才的戦略家は考えたのである。正成は「幕府軍からみれば、十倍ならば勝つだけで事済むが、百倍では自分（正成）の首を取らなければ負けに等しい」舞台を拵え、籠城戦を演じきった。

鎌倉幕府は軍事政権であり、軍事力が他を圧倒していることで成り立つ政権である。その幕府が百分の一に満たない正成軍に勝てずにいる。「幕府を倒すことなど夢物語だ」との一般的風潮を「幕府軍を倒すことが出来るのではないか」との方向へ、正成は言葉ではなく行動で転換したのである。

後醍醐天皇が隠岐島を脱出して伯耆《ほうき》の船上山で蜂起すると、幕府は再び高氏に後醍醐軍を制圧するように命じた。すでに後醍醐天皇から「朕に味方せよ」との綸旨が届いていた高氏は、幕府の権威が失墜した今ならば、幕府最強の精鋭部隊を持つ己次第で源氏復興が出来るのではないかと考えた。歴史は尊氏の筋書き通りに動いた。

こうしてみてくると、歴史を変えたのは、後醍醐天皇の「天皇親政」への並々ならぬ想い、楠木正成という天才的戦略家の存在、足利高氏（尊氏）の源氏棟梁としての集兵力・展開力が結びついた結果だと言えるだろう。

しかし、相互に信頼を寄せつつも、尊氏と正成は割れた。「二条河原落書」に書かれたように、都の治安乱れる中にあっても建武政権は大内裏の造営を決め、諸国に税を課すなど失政を続けるに至り、両者とも「天皇親政」が夢の実現にほど遠いことを悟った。しかし、対処の仕方は両者で異なった。

平安京の入り口であった場所に東寺がある。そこに建武三年（一三三六）六月十五日付の足利尊氏寄進状がある。尊氏が半月ほど前の〝湊川の戦〟で戦死した正成の旧領『正成跡』を東寺に寄進したのである。尊氏と正成がお互いを認め尊敬し合っていたことが窺い知れる。

二代将軍義詮の菩提寺である宝筺院《ほうきょういん》（旧善入寺）の境内には、義詮の墓に並んで正成の嫡男・正行の墓がある。貞治五年（一三六六）、三十八歳で亡くなった義詮が「正行殿の墓の傍らに眠らせてほしい」と遺言したからだという。親子二代にわたる敬慕の情が偲ばれてゆかしい風情が漂う。

斯様に『太平記』絵巻の世は、捉え方次第でいかようにも広がる迷路の様相を内包する不思議な時代である。「難しい時代を易しく、易しいことを深く、深いことを面白く」を目標に執筆したつもりである。

馴染みの薄かった時代を考察出来て、なぜかホッとしている。

主要参考・引用文献

「日本の歴史⑨南北朝の動乱」佐藤進一　中公文庫　初版一九七四年二月一〇日
「日本の歴史⑪太平記の時代」新田一郎　講談社学術文庫　初版二〇〇九年六月一〇日
「逆説の日本史⑥中世神風編」井沢元彦　小学館文庫　初版二〇〇二年七月一日
「逆説の日本史⑦中世王権編」井沢元彦　小学館文庫　初版二〇〇三年三月一日
「南北朝対立と戦国への道」井沢元彦　角川文庫　初版二〇一九年八月二五日
「日本史真髄」井沢元彦　小学館新書　初版二〇一八年八月八日
「日本史の授業 悪人英雄論」井沢元彦ＰＨＰ文庫　初版二〇一五年三月一七日
「伝説の日本史②」井沢元彦　光文社　初版二〇一八年一二月二〇日
「初期室町幕府研究の最前線」洋泉社　初版二〇一八年六月一九日
「日本史の論点」大石学外　中公新書　初版二〇一八年八月二五日
「日本史のツボ」本郷和人　文春新書　初版二〇一八年一月二〇日
「歴史のＩＦ《もしも》」本郷和人扶桑社親書　初版二〇二〇年一一月一日

「武士の日本史」高橋昌明　岩波新書　初版二〇一八年五月二十二日
「足利尊氏と足利直義」山家浩樹　山川出版社　初版二〇一八年二月一五日
「風の群像（上）（下）」杉本苑子　講談社文庫　初版二〇〇〇年九月一五日
「楠木正成（上）（下）」北方謙三　中公文庫　初版二〇〇三年六月二五日
「獅子の座」平岩弓枝　文春文庫　初版二〇〇三年一〇月一〇日
「徳川がつくった先進国日本」磯田道史　文春文庫　第一刷二〇一七年一月一〇日
「天下泰平の時代」シリーズ日本近世史③岩波新書　第一刷二〇一五年三月二〇日
「手掘り日本史」司馬遼太郎　文春文庫　初版二〇一二年五月一〇日
「兵法三十六計」守屋洋　三笠書房　初版二〇〇四年七月一〇日

著者プロフィール

島添 芳実

昭和30年(1955)、福岡県に生まれる。九州大学法学部卒業後、三菱銀行(現、三菱 UFJ 銀行)に入社。平成17～19年、親和銀行(長崎県佐世保市)に業務出向。その後、東京都区内でサラリーマン生活を継続中。
埼玉県在住
社会保険労務士、宅地建物取引士

著書
(ペンネーム島遼作名で執筆)
『サラリーマン出張紀行＜東日本編＞』文芸社2009年3月
『サラリーマン出張紀行＜西日本編＞』文芸社2009年3月
『サラリーマン休日紀行』文芸社2009年12月
『サラリーマン「川の両岸」紀行』文芸社2011年8月
(島添芳実で執筆)
『石田三成(秀吉)vs 本多正信(家康)』文芸社2017年10月(2019年重版)
『小栗上野介(主戦派)vs 勝海舟(恭順派)』創英社／三省堂書店　初版2018年9月(2020年4刷)

楠木正成(悪党)vs 足利尊氏(幕府)

2021年 9 月10日　初版発行
2021年10月20日　初版第2刷発行

著者　島添　芳実

発行・発売　株式会社三省堂書店／創英社
〒101-0051　東京都千代田区神田神保町1-1
三省堂書店ビル 8F
Tel：03-3291-2295　Fax：03-3292-7687

印刷／製本　三省堂印刷株式会社

ISBN 978-4-87923-112-3